Autofagia

ALAÍDE VENTURA MEDINA

Autofagia

RANDOM HOUSE

El papel utilizado para la impresión de este libro ha sido fabricado a partir de madera procedente de bosques y plantaciones gestionadas con los más altos estándares ambientales, garantizando una explotación de los recursos sostenible con el medio ambiente y beneficiosa para las personas.

Penguin
Random House
Grupo Editorial

Autofagia

Primera edición: octubre, 2023

D. R. © 2023, Alaíde Ventura Medina
Publicada mediante acuerdo con Ampi Margini Literary Agency
y con autorización de Alaíde Ventura Medina

Esta obra fue escrita con el apoyo de Jóvenes Creadores del FONCA
y durante la maestría en Creative Writing de la Universidad de Texas en El Paso.

D. R. © 2023, derechos de edición mundiales en lengua castellana:
Penguin Random House Grupo Editorial, S. A. de C. V.
Blvd. Miguel de Cervantes Saavedra núm. 301, 1er piso,
colonia Granada, alcaldía Miguel Hidalgo, C. P. 11520,
Ciudad de México

penguinlibros.com

ISBN: 978-607-383-658-6

Impreso en México – *Printed in Mexico*

A mi mamá, que me regaló un cuerpo y varios lenguajes

La primera vez que dejó de comer tenía once años. Aprendió a tolerar la hornilla encendida en la boca del estómago. Se convenció de que todo fuego es controlable, tan solo una cuestión de esperar.

La puerta de la casa está cerrada, primera señal. La luz de la cocina, apagada; segunda señal. ¿O será al revés? Quizá lo primero que perciba sea la oscuridad, después el silencio y al final la ausencia. A lo mejor todo llega revuelto, indistinguible, como las aguas de un estuario en temporada de lluvias.

El candado está echado.

Se descalza en la entrada, un pie ayuda al otro.

Ha traído comida de fuera. La coloca sobre la mesa de la cocina, luego recorre con pasos quedos los escasos metros de la vivienda. Desanda. Repite el mismo trecho, simula habitar un espacio más amplio, juega a engañarse, a engañar a la soledad.

El baño, que era su única esperanza, le devuelve el eco de su propia respiración.

Ana no está.

Pronuncia su nombre.

De pie frente al fregadero, desanuda la bolsa de plástico. Ocho almohaditas de sushi, apelmazadas en un contenedor demasiado pequeño, como pasajeras de una combi a la salida del trabajo.

Separa los palillos, quebrando la madera que los une. Fue Ana quien le enseñó a usarlos. Los afilaba, raspándolos uno contra otro.

Ana.

Silencio.

Dirige la mirada hacia el zaguán.

Con dos dedos formando una tenaza, rasca el ombligo de los rollos, se lleva a la boca el atún de lata, el pepino, la piña de regusto avinagrado y el aguacate que ha comenzado a sudar.

Traga sin masticar.

Cincuenta, sesenta calorías.

Tira el arroz a la basura con todo y recipiente, bolsa de plástico y palillos limpios.

Abre la llave y deja correr el agua hasta llenar un bote de yogurt.

Se sienta a la mesa. Espalda recta, en posición de espera.

Bebe el litro completo sin pausas para respirar, igual que cuando era niña y se cortaba el hipo sola, los días en que su abuela no estaba a la mano para espantarla.

Antes de Ana, era su abuela quien ocupaba la mayoría de sus pensamientos.

La casera le había advertido que tenía dos semanas para denunciar vicios ocultos y le pidió que estuviera atenta al funcionamiento de los enchufes eléctricos, ya que el cableado interno se había dañado con el último temblor. Sin embargo, ella no tenía más aparatos que el refrigerador que venía con la casa y el celular que usaba como despertador, al que la batería le duraba tres y hasta cuatro días, pues en aquel entonces no tenía a quién llamar.

Era la primera vez que escuchaba esa expresión, vicios ocultos, quizá porque antes nunca había rentado un inmueble.

Había llegado a la ciudad sin conocer a nadie, siguiendo las indicaciones que le dieron en la central de autobuses. Encontró trabajo de mesera al primer intento y, aunque la paga no era buena, no se preguntaba si podría conseguir algo mejor.

Poco a poco, la casa fue llenándose de rumores. En las tardes de más calor, la ventana de la cocina se henchía, amenazante, y a ratos parecía que una ráfaga de aire la derribaría por completo. No obstante, aquellos sonidos no calificaban como vicios ocultos y el plazo de dos semanas se cumplió.

Pronto aparecerían las goteras, pero durante esos primeros días no logró advertirlo, no tenía cabeza para nada que no fuera sobrevivir a la ciudad.

En el zaguán alguna vez debieron de haber entrado hasta tres autos, pero ahora funcionaba como patio y cuarto de tendido. Abarcaba desde la entrada de la casa grande, donde vivía la casera, hasta la puerta de la casita que rentaba ella, al fondo.

Estaban en una zona industrial con pocas áreas habitacionales. Los propietarios habían ido improvisando espacios para alquilar: departamentos en los días de abundancia y minúsculas recámaras durante las vacas flacas. La arquitectura del barrio se había vuelto, así, un amasijo de capas sobre capas, pistas para los arqueólogos del futuro.

Las dos secciones de su casita eran tan dispares que costaba trabajo creer que conformaran una unidad. Primero estaba la cocina, con la única ventana; luego, un bodegón oscuro de techo bajo que le recordaba al cuarto de sangrado en el que su abuela mataba conejos y pollos. En la esquina, dos ganchos empotrados confirmaban esa sospecha. Al mirarlos, pensaba en una hamaca y se imaginaba ondulando en la penumbra, atendiendo a las voces de su cabeza.

La temperatura subía y bajaba de un lado al otro de la casa, como un cuerpo que hierve y al mismo tiempo siente escalofríos.

El restaurante servía comida desde las seis de la mañana. A esa hora los únicos clientes eran los transportistas que bebían el café a sorbitos y pedían una coca para el camino. Poco después llegaban las trabajadoras nocturnas recién salidas de su jornada; usaban el servilletero como espejo para limpiarse el maquillaje, dejaban en la mesa uñas y pestañas prestadas. Ella debía tener cuidado de no tirarlas a la basura al recoger las servilletas manchadas de rímel.

¿Qué hay de postre?

Ella respondía en automático, como una grabación, para no dibujar imágenes en su cabeza. Plátanos con crema, flan, arroz con leche, gelatina de jerez, pay de queso con mermelada.

Enlistar los dulces le provocaba salivaciones. Echaba los ojos hacia arriba y se golpeaba la boca con la pluma, reprimiendo el impulso de chupar su pelo.

Era una lindura. Eso le decían ellas, una lindura.

Esos ojazos, qué bárbara, y tu pelito, mira nomás esos chinos.

Servía los platos sin mirarlos siquiera, mordiendo el interior de sus cachetes. A veces la rebanada de flan venía demasiado grande, mal cortada, a veces tan pequeña que las muchachas se burlaban y le pedían una segunda porción.

La segunda salía al doble de tamaño. Las muchachas volvían a reírse.

De súbito, pensaba en su abuela.

Ni tanto que queme al santo ni tanto que no lo alumbre.

En su pueblo eran frecuentes los incendios. De chica, le gustaba perseguir al camión de bomberos, aunque pocas veces logró alcanzarlo. Imaginaba la escena y luego mentía al respecto. A todo el mundo le decía que había visto otro fuego, uno más. Recuerda el placer que le provocaba corretearlo, ella la única niña entre un puñado de perros.

Cuando no había incendios, el camión se paseaba por todo el pueblo rociando agua, ufano, presumido, sus logotipos refulgentes como láminas de oro. Ella lo esperaba a la salida del ingenio azucarero, en el mismo lugar donde años antes su mamá había esperado a su abuela durante la época en la que el camión estaba nuevo y el ingenio estaba nuevo y en el mundo no había tanto fuego.

Los incendios, en su mayoría, comienzan como una hoguera provocada y luego se salen de control. La quema de la caña en la temporada de zafra es una visión deslumbrante: el horizonte se pinta de naranjas y rojos mientras el humo asciende en todas las direcciones, una suerte de aurora boreal a orillas del río Pajaral.

A su abuela, cuando enfermó de bagazosis, le daba por decir que los pulmones se le habían llenado de paisajes. Ahogaba su propia risa en tosidos cavernosos y escupía al cielo para ver el arco que formaba su sangre oxidada.

Acomoda la silla para quedar frente a la ventana y desde ahí mira a la casera, que se asoma a la distancia sin abandonar sus ocupaciones en el zaguán.

Erguida, con las manos encima de la mesa, ella ensaya posturas de bienvenida. Cruza y descruza los brazos, se acomoda el pelo con dedos babeados. Ana cruzará la puerta en cualquier momento.

Ahora. No. Ahora.

Aún no.

El bote de agua está a la mitad. Bebe a tragos cortos, haciendo buches para enjuagarse el regusto avinagrado que le ha quedado en el paladar.

Quiere que Ana sepa que la ha estado esperando. No ha cenado, ha tomado agua, se ha portado bien.

Es un engaño. Ella sabe que el portón metálico anuncia las entradas y que, mientras no suene, Ana no vuelve todavía.

Todos los ruidos provienen de la casera, que destiende ropa canturreando, y de los gatos de la calle, arbitrarios, sulfurosos.

Alcanzó a ver una última zafra antes de irse. Los primeros días en la ciudad pensaba que la había traído consigo, a la zafra, a su abuela también, y tal vez a su mamá, escondidas. Eso explicaría la ceniza que cubría el zaguán en las tardes, por más que la casera dijera que eran volutas volcánicas.

El clima de la ciudad era tibio en las mañanas, caliente en las tardes, con un frescor venido de quién sabe dónde. Las avenidas, flanqueadas por edificios de dos pisos, se volvían cauces para las ventoleras que arrastraban polvo y olores extraños. El hedor de las alcantarillas le recordaba a aquella sección del puerto donde los hoteles desaguaban su porquería.

Su abuela se burlaba de los turistas que se bañaban en esa parte del malecón, entre mojones y desechos químicos. A los extranjeros los llamaba güeros y a los nacionales, capitalinos. Los consideraba gente sucia y decía que, cuando nadaban en el mar, dejaban una capa de nata grisácea en la superficie, pues no eran ni para quitarse la mugre antes de sumergirse.

A menudo se pregunta qué pensaría su abuela de su nueva vida en la ciudad.

Los primeros días pasaba el rato viendo a la casera por la ventana de la cocina. Todavía no se atrevía a salir al zaguán, no sentía que ese pedazo de mundo le perteneciera.

Tardó un tiempo en animarse a tomar el fresco ahí, bajo las prendas que volaban al aire como banderitas de iglesia. Calzones, pañuelos, cortinas, sábanas. La casera lavaba más ropa de la que usaba, pues siempre traía el mismo chaleco, con los faldones de la blusa asomados y calcetas en chanclas de hule.

A la casera le gustaba su compañía. A ella le gustaba observarla. No platicaban mucho, sus presencias eran toda la comunicación que necesitaban.

Eso fue al principio, cuando las tardes eran tan suyas que no sabía qué hacer consigo misma.

Se preguntaba por qué la casera no tendría lavadora, le parecía que la propietaria de una vivienda debía ser una persona de medios suficientes. ¿Por qué se pasaba la tarde tallando sábanas en el lavadero de cemento? Le recordaba a su abuela, pero su abuela casi no tenía ropa y mucho menos un cuarto para rentar.

Con el tiempo entendió que, simplemente, la casera era una persona de rituales y le gustaba que las cosas se hicieran siempre de la misma manera.

Igual que Ana, que más que costumbres, tenía obsesiones.

Igual que ella, que revive las conversaciones hasta deslavarlas, hasta convertirlas en rezos.

Pasadas algunas semanas, la vida en el zaguán comenzó a parecerse a lo que ella pensaba que debía ser: vuelo de hojas, maullidos, canciones, portones metálicos. Sin embargo, seguía aún demasiado embebida en el barullo de su mente, que sonaba más fuerte que todos los ruidos del mundo.

Ahora se pregunta si sería por eso que su abuela escuchaba la radio todo el tiempo: para acallar las voces.

El día que se conocieron, Ana abrazaba su rodilla, sentada sobre un cojín, fumando cigarros armados a mano. No se había terminado uno cuando ya sacaba otro de una latita con palabras en otro idioma.

Ella, hasta ese momento, había dirigido toda su atención a la cocina, pero a partir de entonces la fijó en el cuello de Ana, en esa vena que aparecía y desaparecía.

La miró fumar durante un rato.

Se imaginó a sí misma como un animal acechante, invasor, una presencia molesta que sacar a escobazos. La terraza, adornada y fastuosa, la hacía pensar en parques, museos, palacios enrejados, inaccesibles.

Ana notó su mirada y comenzó a cuidar sus ángulos, a acomodarse el pelo detrás de la oreja. Fumaba sin mover el rostro, como si alguien más le acercara el cigarro.

Ella fingía tomar cerveza de un vaso vacío, tragando su propia saliva, apretando el plástico con los dedos para aplacar los gruñidos de su estómago.

Uno de los clientes del restaurante la había invitado a aquella fiesta y ella no había podido decirle que no. A decir verdad, tampoco había dicho que sí. Estaba acostumbrada a que los demás dispusieran de su tiempo.

Fingió no darse cuenta de que el cliente estaba interesado en ella. Se hizo la loca, igual que hacía su mamá, asintiendo con ojos vacíos ante cualquier exigencia, igual que la abuela, que se la pasaba prometiendo cosas que no pensaba cumplir.

El cliente no llegó a recogerla como acordaron, pero ella tenía la dirección de la fiesta y decidió ir de todas maneras. Hasta ahora es un misterio qué la empujó a hacer eso. Tal vez la cajera la convenció.

Vive por mí. A mi edad ya no me quedan ganas de hacer nada.

O tal vez fue que llevaba todo el día pensando en la comida que servirían, reservando su apetito para aquellos bocadillos que seguramente serían manjares.

Con la hornilla del estómago caldeada a fuego bajo, puede pasar días sin comer. Aprendió desde chica a interpretar el lenguaje de sus intestinos y a ignorar lo que querían decirle.

No acostumbraba salir de noche y sin embargo acudió a la fiesta. Tuvo que haber sido el destino. Ahora no sabe si concluyó esto por sí misma o si fue Ana quien se lo dijo.

Recuerda que tenía hambre y que pensaba en la manzana que llevaba en su mochila, en sus miles de posibilidades: manzana hervida, en almíbar, con miel, en cubos con yogurt, caramelizada. Miraba a Ana y el mundo parecía ir despacio. Manzana cruda, fibrosa, achatada, infinita.

Comenzaron las salivaciones, su cuerpo estaba listo para recibir la descarga de azúcar.

Frotó la manzana con una servilleta, contenta de distraer sus manos con algo, llevaba demasiado tiempo jugueteando con el vaso de plástico.

Ana la miró. Sus ojos eran azules. Alguien le sonrió a alguien. Ana se puso de pie sin apoyar las manos, como una avestruz, o como ella se imaginaba que haría una avestruz. La vena palpitaba en su cuello, larga y verdosa. Qué hambre sintió. Qué ganas de comer la manzana, de clavar los dientes en la cáscara, de exprimir la pulpa contra el paladar y succionar el líquido.

¿Siempre traes fruta en tu mochila?

Ella respondió que sí, tan bajo que no logró escuchar su propia voz.

Ana volvió a abrir la latita y le ofreció mariguana.

¿Te gusta?

Ella se quedó quieta, quietísima.

Asintió. Todo le gustaba.

Pensó en la carcajada nocturna de su abuela, canto de gallina desplumada. El mar se le metía en las piernas a la vieja, las olas revolcaban sus huesos, la mariguana era lo único que le hacía soportable el dolor.

Ana le arrebató la manzana, sus dedos estaban fríos, y comenzó a rascarla para improvisar una pipa.

Ella creyó escuchar la voz de su abuela, sumergida y burlona, y su respiración averiada, como si alguien sorbiera refresco directo de sus pulmones.

Chamaca, presta de esa que da risa.

Ana fumó primero. Ella la imitó, torpemente, conteniendo el impulso de morder la fruta. Sospechó que fumar le provocaría más hambre y que el vacío se volvería en su contra, pero estaba dispuesta a correr el riesgo.

Inhaló con los ojos cerrados.

Ana dijo que la droga estaba provocando asesinatos por todos lados. Acababan de aparecer dos fosas clandestinas en Lagunas de San Isidro.

Ella repitió en su cabeza, como un eco: Lagunas de San Isidro.

Ana no sabía que estaba pronunciando el nombre de su pueblo.

Imaginó que invitaba a Ana a conocerlo.

Sani.

A conocerla a ella.

Abrió los ojos, reteniendo el humo en la garganta. El espacio se había vuelto pequeño. Ana extendía el índice, acusador, hacia la manzana.

Por primera vez notó que llevaba anillos.

La voz entrecortada de su abuela emergió de nuevo.

Trae acá, chamaca.

Ella repitió la invocación en su cabeza.

Sani.

Ana dobló el cuello y su pelo cayó en una cascada.

Me llamo Ana.

Ella sintió como si le estuviera diciendo algo que ya sabía.

Ana se acercó hasta quedar frente a frente. Su mirada azul era una provocación. Toda Ana, entera, era una provocación. Ella tuvo ganas de soltar el humo en su cara.

Tranquila.

Ahora no sabe si Ana lo dijo o ella lo imaginó.

Tranquila.

Exhaló.

Ana se llevó la manzana a la boca.

Inhalación.

Clavó los dientes.

Exhalación.

Un crujido.

Estás temblando.

Cuando terminaron de fumar, Ana la invitó a morder la manzana. Había restos de sangre en la pulpa.

Qué calor.

Ana dio un paso atrás para examinarla de cuerpo entero. Luego volvió a acercarse. Ella percibió su aliento dulce y mentolado. Quiso cruzar los brazos, cubrirse el pecho, el vientre, correr, escapar, pero en vez de eso se quedó ahí, paralizada, con el estómago haciendo ruidos, mientras el humo se dispersaba.

El candado metálico no ha sonado aún y el día casi termina.

Si la casera en verdad la está observando, no tardará en tocar a su puerta.

¿Todo bien, criatura?

Intenta estarse quieta, como si así pudiera detener el tiempo. En su rigidez, adquiere conciencia del frío: sus pies desnudos tiemblan y los brazos se le han puesto de gallina; si tuviera vellos, estarían erizados.

Tiene ganas de orinar. Deberá levantarse.

Se desplaza con movimientos suaves, rehuyendo a la casera. No le gusta ser vista, la incomodan las expectativas del mundo, son jaulas.

Los primeros días en la ciudad, se sentía minúscula y al mismo tiempo libre. Ahora ha vuelto a sentirse atrapada e hiperalerta.

Es cuidadosa al sentarse en el retrete. La cerámica enfría sus nalgas, contrastando con el líquido que de ella emana.

Todavía hay ropa de Ana en el clóset: una blusa azul y otra café, los colores de las playas del Golfo, faldas, calzones, suéteres de lana y los tenis de deporte, impolutos, como todo lo que nunca ha pisado la calle.

Una imagen la visita: Ana ejercitándose con la mirada fija en el celular. Mezcla de artes marciales y baile coreográfico, las rodillas arriba y abajo, las suelas rechinando por la fricción.

Ella la espiaba o, mejor dicho, fingía espiarla; sabía que Ana la veía y que disfrutaba tener audiencia.

Un laberinto de espejos infinitos, su relación.

No sabe dónde colocar la mirada. Los objetos adquieren dimensiones exageradas, cargan significados ocultos. ¿De dónde ha venido esto que ahora pertenece a otro lado? El espejo, ganchos empotrados en el techo como columpios invisibles, cepillos de dientes, pasta para encías sensibles, un bote lleno de basura, su orina transparente.

La casera limpiaba el zaguán dos veces al día. En la mañana barría cenizas que tiraba en bolsas de plástico. En la tarde destapaba las coladeras cubiertas de pétalos para evitar que se inundara. Al final lavaba la ropa del día y les servía croquetas a los gatos de la calle.

Al verla tan apurada con las palanganas y la escoba, a menudo ella le ofrecía ayuda, empujada por la voz de su mamá, que la acechaba de vez en cuando igual que la de su abuela.

Acomídete, ¿qué estás mirando?

La casera rehusaba el ofrecimiento con una sacudida de manos, las pinzas de tendido apretadas en los labios.

Periquitos. A esas pinzas su abuela las llamaba periquitos.

La casera sonreía y continuaba con sus quehaceres, improvisando versos en los que relataba cada paso que daba.

Aho raecha mos de ter gen te yalle garon lospi chones.

En eso, también, se parecía a su abuela, que chiflaba música ranchera.

La casera hablaba de humaredas, pero no había volcanes a la vista.

Despier tael gigan tey avien tasu humito.

De igual manera, ella comenzó a percibir presencias, respiraciones subterráneas, como si caminara sobre el caparazón de un reptil prehistórico. Y los murmullos de la casa. También los murmullos de la casa.

Fue alimentando la idea de que habitaba un mundo a medio camino entre el sueño y la vigilia. Se dio cuenta de que era capaz de convencerse de cualquier cosa.

Resultó que la ceniza provenía de una planta procesadora de residuos sólidos. En su camino rumbo al trabajo, ella tomaba una combi que rodeaba esa aldea fortificada, más extensa que la vista. El olor de aquel horizonte de concreto y lámina le provocaba retortijones en la panza vacía.

No desayunaba, salvo algunas mañanas en que la casera le ofrecía licuados de plátano. Al principio, ella bebía hasta la última gota, dándole golpecitos al fondo del unicel. Luego optó por guardar la mitad para la hora del almuerzo, para beberlo más frío y doblemente azucarado.

Ahora se pregunta por qué la casera tendría esas atenciones. En la ciudad, la fruta es un lujo, toda la comida lo es.

Así como es incapaz de dar, porque no tiene nada, porque nunca ha tenido nada, tampoco sabe recibir.

El mundo tiende al equilibrio, piensa.

Que no sobre ni haga falta.

Si se acostumbra a rechazar todo, dejará de necesitar cosas y el vacío se volverá su estado natural. Al final quedará en suspensión, un pez que duerme con los ojos abiertos.

Vamos a tu casa.

Vamos.

Era la primera vez que obedecía las órdenes de Ana.

Ana caminaba en línea recta, flotando como las prendas que alguien olvidó en el tendedero. Hablaba con los gatos de la calle.

¿Los conoces?

Cuando se conoce uno, se conocen todos.

Le preguntó a Ana si había notado que los gatos colocan la pata trasera en la huella que dejó la delantera.

Fíjate, no me había dado cuenta.

Abrió el candado del portón y le pidió que fuera sigilosa para no despertar a la casera.

Ana se llevó el dedo índice a los labios, luego lo colocó en los de ella, que estaban húmedos y heridos de tanto mordérselos.

El olor de los anillos de Ana la hizo pensar en sangre.

Cruzaron el zaguán, evitando los destellos en las pupilas dilatadas. Ella deslizó la puerta de la casita y cuidó que la madera no se arrastrara. Ana se quitó los zapatos al entrar y patinó por la cocina, manchándose las calcetas.

Ella hizo como si no se diera cuenta de que la casa estaba sucia, de que siempre estaría sucia por más que la lavara, por más que castigara las paredes a cubetazos.

Ana le preguntó, susurrando, dónde quedaba el baño, pero de inmediato se dio cuenta de que la respuesta era obvia, la casa era minúscula, y comenzó a reírse sin darle tiempo de contestar. A ella le pareció que la risa de Ana era la de una persona que nunca se ha sentido fuera de lugar.

Ana encendió el foco del baño, que colgaba de un cable, y la miró extrañada.

Detector de sismos, dijo ella, pues era lo que le había dicho la casera.

Sus voces habían vuelto al volumen de siempre.

Ana le contó que había sobrevivido a varios temblores. Demasiados. Ahí a donde iba, la tierra se sacudía.

Ella se preguntó si quedar sepultada se sentiría igual que ahogarse. ¿Sería como el vértigo? ¿Como cuando el cráneo se despega del cuello y hay que sujetarlo con ambas manos?

Ana se tardó en el baño y ella comenzó a ponerse nerviosa sin saber por qué. Además del chorro del lavabo, se escuchaban espasmos y respiraciones agitadas.

Se dirigió a la cocina y se puso a lavar trastes.

Después de un rato, Ana salió y cruzó la casa, distraída, indecisa, como si caminara por un pasillo de supermercado. Se metió un chicle a la boca.

¿Este es como tu estudio?

Ella no dijo nada. No entendió la pregunta.

¿O por qué vives aquí?

Ah.

Meditó una respuesta. Mientras que todos los anuncios pedían fiador o dinero por adelantado, la casera la había aceptado a la primera y preguntándole tan solo su edad.

O sea, ¿es tu casa?

¿Lo era?

Ella alzó los hombros. Su espalda estaba tensa.

El foco del baño comenzó a zumbar, como hacía siempre que se calentaba. La casa entera elevó su temperatura. Ana encendió un cigarro en la estufa, se hizo un chongo y se lo soltó de nuevo, impregnando el ambiente con aromas cítricos.

Se acostaron a escuchar música en el teléfono. Entre canción y canción, ella alcanzaba a percibir las emanaciones de los muros. La casa gemía, agónica, en murmullos incesantes.

Ana se quedó dormida con la cabeza sobre su pecho y los pies como puñitos, señal de que tenía frío. Al despertar, dijo que había soñado por primera vez en mucho tiempo.

Un árbol gigante y un pájaro.

Ella había soñado con fuego.

Estar con Ana era como habitar una casa sin ventanas. El techo, en refracción permanente, y ellas, hormigas condenadas al incendio.

Antes, la luz era exclusiva del día y la oscuridad arropaba al imperio de la noche. Así eran las cosas y otra opción era impensable. Su abuela, su mamá y ella conocían la electricidad, por supuesto, el destello de los comercios del puerto en la parte más turística, pero no les hacía falta, se las arreglaban bien tal y como estaban.

Los fines de semana distraían el aburrimiento con un radio portátil. La abuela tallaba los restos de masking tape del compartimiento de las baterías, quebrado de tanto sacarlas y meterlas; nunca las dejaba adentro porque decía que desperdiciaban espíritu.

Era la misma lógica por la cual, durante las noches de luna llena, le vendaba ojos y boca para que no se le escapara el alma al dormir.

Donde hay niñas, ahí anda el diablo.

La abuela saltaba de un lado a otro, santiguando y purificando las cuatro esquinas, sus chanclas sonaban como si la casa estuviera mascando chicle.

Entre tantos vendajes, el humo y la rezadera, ella sentía que se asfixiaba.

El día que el municipio instaló el cableado eléctrico, hubo fiesta en el entronque del pueblo. Aquel pedazo de tierra que habitaban, el espacio entre las vías y la desembocadura del río, adquiría a partir de ese momento una nueva identidad.

El camino de las galeras sería el último resquicio de la civilización portuaria, resguardado por la pochota que floreaba nubes en primavera. Tenían drenaje y alumbrado, pronto tendrían televisión y cuentas de banco, refrigerador, asfalto, carretera.

No recuerda en qué momento su abuela dejó de vendarle los ojos.

El maligno había vencido.

¿Y ahora?

Ahora, esperar.

Con el tiempo, la abuela sustituyó el radio de pilas con la televisión. Se quedaba dormida frente a la pantalla con el delantal cubriéndole el rostro.

Mientras tanto, ella pasaba las tardes en la cañada y entrada la noche se deslizaba al corral a molestar a las gallinas. Sentada en la tierra húmeda, se las colocaba una por una en el regazo, disfrutando la sensación de mareo a causa de la fetidez.

¿Quién manda aquí?

La tibieza de esos cuerpos la tranquilizaba; adquiría conciencia de su propia agitación conforme las palpitaciones disminuían. Les apretaba levemente el cogote y las acariciaba de nuevo, apenas rozándolas con las yemas. Luego, otra vez, a apretar. Al liberarse, las gallinas sacudían cabeza y pecho en movimientos caóticos, como extrañando los brazos perdidos hace miles de años.

Ella admiraba la organización que las aves habían dispuesto. No peleaban por la atención del gallo, por lo menos no durante la noche; en las tinieblas reinaba la paz.

Todo cambió con la llegada de la electricidad. Ella cometió el error de encender la luz y las mismas gallinas que antes eran apacibles se volvieron despiadadas. La herida de una, por mínima que fuera, detonaba en las demás un impulso destructivo irrefrenable. Las fuertes se abalanzaban contra las débiles y el rojo era sentencia de muerte.

En la noche los colores son agua revuelta.

No volvió a encender la luz. Con el tiempo también dejó de visitar a las gallinas.

Poco a poco fue perdiendo el interés por muchas otras cosas.

Llevaba algunos días trabajando en el restaurante cuando le tocó ayudar a desalojar una de las bodegas que el dueño subarrendaba al fondo del local.

La cajera y ella recibieron la orden de vaciar aquel nido de ratas y cucarachas voladoras. La cajera reclamó, con labios fruncidos de fumadora, que eso no estaba entre sus funciones.

No, señor.

El dueño les ofreció que se llevaran lo que quisieran, y pagar los taxis. La cajera agradeció, pero en cuanto se quedaron solas, continuó sus quejas.

Nos vio cara de pepenadoras.

Ella asintió con una mirada esquiva que la cajera leyó como de indignación compartida.

Uta, no hables tanto, dijo.

Y luego: ¿Cómo te llamas? A mí me gusta que me digan Chantal.

Ella no respondió nada, afanada en acaparar todo lo que estuviera a su alcance: sillas de plástico, cubetas, un sartén sin mango, huacales, limpiadores y una tabla de aglomerado que funcionaría como mesa.

Te vas a entilichar.

¿Quién dijo eso?

En aquel entonces la voz de su abuela todavía era nítida, aún no estaba luida de tanto usarse.

Chantal insistió en compartir un taxi y repartirse el dinero sobrante, y en que la primera parada fuera la casa-bodega que ella habitaba.

No te voy a dejar solita con todos tus triques.

Sin embargo, cuando por fin llegaron, Chantal estaba demasiado ocupada fumando y no la ayudó a bajar sus cosas.

El taxista tampoco la ayudó, pero sí exigió una propina por las molestias.

Chantal torció la boca con desagrado.

Le recordó a su abuela, que ponía mala cara cada vez que su mamá llegaba en taxi al entronque. La abuela detestaba lo que no podían pagar, que era casi todo. Su mamá le regateaba al conductor, le hacía ojitos para suavizarlo, para que no se molestara tanto cuando al final le confesara que había olvidado el monedero. Una disculpita, pedía, una disculpita, arrastrando sus nalgas para salir del vehículo, sudorosa, jadeante, confiada en que el taxista la admiraba por el retrovisor.

Chantal subió la ventanilla lentamente, igual que si el coche tuviera manivela en vez de botón eléctrico.

Ella atravesó el zaguán como pudo, cargando los objetos con ambas manos y evitando importunar a la casera. Los apiló en un rincón de la cocina sin saber bien a bien qué hacer con ellos.

Algunas semanas después, Ana convertiría la mesa en un comedor y este a su vez en un centro de operaciones, el sitio donde cada día decidir si eran aliadas o enemigas.

De chica, cuando las inundaciones, ella pensaba que su pueblo se convertiría en una isla. Subía a lo más alto de la casa, que en ese entonces todavía era el techo de lámina sin galvanizar, y ahí se acomodaba en cuclillas a esperar la destrucción del mundo.

Su abuela le preguntaba si estaba haciendo chis.

Ella negaba con la cabeza, balanceando su peso para no entumirse. Se imaginaba que estaba empollando.

El nivel del agua subía sin detenerse y los autos, mansos, se dejaban arrastrar por la corriente, transformados en lanchas inservibles. En el cuarto, que para esa época ya no era de yagua, sino de hormigón, su mamá salvaba sus escasas posesiones: la estufa de dos parrillas y la vieja cama apolillada que compartían.

La abuela se reía desde la hamaca, haciendo olas con manos y pies.

Ana siempre fue ingrávida, pero al hacer ejercicio parecía flotar todavía más. Su piel era un vestido hecho a medida exacta.

Ella, por el contrario, a menudo sentía que sus músculos eran de segunda mano, como la ropa que le regalaban a su mamá en las casas que limpiaba.

Si Ana no vuelve, ella comenzará a usar sus faldas.

Ana se ejercitaba con videos de rutinas aeróbicas. Se sacudía con la cara enrojecida, igual que al vomitar y durante el sexo.

Maremoto, coletazos de olas.

Le sonreía al teléfono aunque no hubiera nadie ahí adentro.

Ella pensaba en las niñas del patio de recreo: saltar la cuerda, el elástico, marinero que se fue a la mar y mar y mar, un dos tres por mí y por todas mis amigas.

Amigas.

Esas niñas no eran sus amigas. Ella entraba y salía de la escuela conforme su abuela la iba necesitando en el trabajo. No lo eran, y, sin embargo, creía conocerlas, de tanto que las observaba. Imitaba sus ademanes, su forma de acomodarse el fleco, de alisar los tablones del uniforme. Fue adoptando sus expresiones. Cuando se dio cuenta, ya se había vuelto una copia.

Para ver qué podía ver y ver y ver.

Lo mismo le sucedía con las demás personas: si alguien reía, ella reía. Si la abuela y su mamá peleaban, ella sentía fuego en los puños.

A veces, cuando el sol alcanzaba el cenit y todas las superficies se volvían espejos, se miraba en el agua del Pajaral y jugaba a que no sabía quién era. Se presentaba ante su reflejo con otro nombre y otro aspecto.

Un día las niñas la vieron hablando sola. A partir de entonces, ella decidió conversar en silencio, en su mente. También comenzó a poner más atención a los rumores del mundo, que, oídos de cierta manera, son señales.

Deja correr el agua del lavabo hasta entibiarla y se talla la cara con jabón.

En el cuarto en penumbras, con las manos limpias y secas, se prueba las prendas de Ana una por una. La blusa le queda floja, la hace sentir de nuevo como una niña que ha heredado ropa usada. La falda de mezclilla le aprieta en el vientre. La falda de pana se estira y se deforma, no logra cerrarla.

Se lleva las manos a la cintura y empuja la panza hacia afuera como una embarazada.

No ha querido verse, tampoco imaginarse.

Por fin, enciende la luz del baño, cuyo espejo abarca desde la cabeza hasta el pubis. Extiende la mano para ocultar su rostro, pero queda su cuerpo, esqueleto disfrazado de Ana.

Desiste del intento por cerrar el broche de la falda. Se quita la blusa para probarse otra prenda y por un instante queda frente a su imagen desnuda, extraterrestre. ¿Qué pensaría Ana de esta silueta abultada, ventruda, como escondiendo algo debajo de la piel?

A pesar de compartir medidas, ciento sesenta centímetros y cuarenta kilos, sus cuerpos parecían ejemplares de especies distintas.

Rehúye sus propios ojos asustados. Muerde su labio inferior hasta sangrarlo y recuerda que debe beber más agua.

Comienza a resentir la inflamación, su piel se tensa.

No debió haber comido el aguacate.

Pondrá solución al problema, es cuestión de disciplina y tiempo.

Apoya las manos en el lavabo y pronuncia de nuevo el nombre de Ana.

Abre la llave, más agua, más espuma, con ademanes frenéticos.

¿Usar su ropa es un homenaje o una venganza?

No. Lo que quiere es que Ana regrese, que le indique el camino.

El aguacate va en la basura, los palillos se agarran así, como si tejieras, si no sabes tejer no importa, yo tampoco sé.

Apaga la luz para apagar el recuerdo y guarda la ropa de Ana en el clóset, mezclada con la suya.

Odia todos los espejos, las puertas del metro, los anuncios de los paraderos, las ventanas, escaparates, ollas, platos, vasos y cucharas.

No le gusta su reflejo.

Tampoco le gustan las miradas ajenas, pero las prefiere. Todo el mundo ve lo que más le conviene, una versión aceptable en general. Lo que quiere es ser menos ella. Necesita a Ana para escapar de sí misma. Necesita su abrazo, aunque se parezca a la asfixia.

Para vomitar, Ana prefería el lavabo. Era meticulosa en su técnica y en la limpieza posterior. Aquel era el único lugar de la casa que no dejaba hecho un cochinero. Restregaba todo con toallitas desmaquillantes que luego apelmazaba y enterraba al fondo del bote de basura.

Ella, por el contrario, las pocas veces que intentó vomitar, así haya sido tan solo para complacer a Ana, eligió el retrete. Se hincó frente al asiento, lo abrazó tímidamente, introdujo el dedo índice, luego el dedo corazón.

No sale.

Mientras tanto, Ana sujetaba su pelo con fuerza, ayudándola y, al mismo tiempo, sometiéndola.

Haz el intento.

Ella procedía, entonces, con el cepillo de dientes en la tráquea como un anzuelo.

Nada. Lo único que brotaba de ella eran lágrimas.

Pon de tu parte.

Ana salpicaba agua fría en su nuca, ella pensaba en un bautizo.

Ahora, al recordar todo esto, imagina que se sumerge en el Pajaral.

Piensa en Ana, que se quitaba la ropa rumbo a la regadera como un ave que pierde las plumas, que se bañaba con agua hirviendo y salía con la piel rosada y llena de granitos.

Era un espectáculo. Era un espectáculo privado.

Ella levantaría después el desorden y secaría los pisos, arrastrando las rodillas.

Se acomoda en el retrete con los ojos aún cerrados. La náusea la obliga a plegarse. Le duelen los párpados, de tanto apretarlos.

Cuenta del uno al treinta antes de terminar de orinar.

Se ha vaciado, ahora debe volver a llenarse.

Aprendió a nadar, de niña, en el caudal sucio que inundó el entronque. El agua olía a huevo y lodo y los penachos de las palmitas parecían piñas brotando. A su lado pasó flotando el cadáver de un perro. Tenía los ojos reventados, azulosos, y con ellos la miraba.

Ana conquistaba su cuerpo, el ecosistema de su cuerpo, tocándola en lugares donde ella no se había tocado nunca. Manantiales secretos, como aquellos que el Pajaral reservaba para ella, pozas ocultas, bebederos de animales y plantas.

La mirada de una le insuflaba vida a la otra, energía eólica y solar.

Le gustaban las palabras que Ana usaba.

Linda, linda, linda, estás tremenda, estás genial.

Ella también recorría los paisajes de Ana: un cielo extenso, el pelo suelto, escarpado, vapores entre piedras de varios colores.

¿Qué es esta sensación?

Ella, que había llegado de la humedad, ahora volvía, esta vez con la boca abierta, dispuesta a comerse el océano.

Tortuga en eclosión silenciosa.

¿Qué me haces?

La gallina pone un huevo y lo demás es ruido.

La tortuga, en cambio, callada, callada.

Fue dejando de avergonzarse de las voces que llevaba a cuestas, estridores del bosque, que hablaban de enfermedades y sepulturas.

¿Qué decían?

Ana quería escucharlas.

Cuéntame de las manos de marciano.

Así aprendía el idioma de ese nuevo territorio.

Ella le contaba que los dedos de su abuela se inflaron como bombas de chicle.

Y las uñas como que flotaban.

Disfrutaba esas invocaciones, era como regresar a la abuela a la vida.

Ana, Abuela. Abuela, Ana.

¿Qué habrían pensado la una de la otra?

La abuela se habría reído de su delgadez y de su blancura.

Pareces una salamanquesa.

De los sonidos que hacía al masticar.

Besucona, tlaconete.

Abuela.

A Ana le gustaban sus historias del pasado. Por lo tanto, pensaba ella, le gustaría su presente. Tal vez se quedaría para el futuro.

Le preguntaba a Ana por su origen. Ana decía que no tenía, que se había inventado a sí misma y que por eso era como era.

El juego era más o menos así: ella tomaba varios litros de agua y esperaban un poco a que su vientre se hinchara como un globo. Ana encendía un cigarro y al terminar le preguntaba cómo iba el bebito. Ella echaba el ombligo hacia afuera, los codos atrás, tomándose en serio el papel de embarazada.

Ana colocaba su palma abierta sobre esa piel estirada, tersa y caliente, que pronto desarrollaría estrías.

Te vamos a querer mucho.

Ella asentía, aguantándose la risa.

Ana se hincaba para escuchar los sonidos del vientre, ubre lechera al despuntar el alba. Le daba besitos en la panza y en el pecho plano, que de pronto parecía menos infantil.

¿Verdad, amor, que vamos a querer mucho al bebito?

Para ella, que pensaba en comida todo el tiempo, trabajar en el restaurante era una tortura, toda la ciudad lo era. Las primeras semanas caminaba por las calles del centro conteniendo la respiración, pero los olores no pedían permiso: la canela tostada de las churrerías, la leche inflándose en sábanas de nata, el aguijón ácido y salado de la carne, las vísceras fritas, el aceite reciclado de las pailas, el humo, el carbón.

Se llevaba la mano al bolsillo para recordar que no tenía dinero. Ya había domesticado el hambre, la comida no podía ser prioridad, ni aunque pensara en ella todo el tiempo, como una enamorada, como imaginaba que hacían las enamoradas.

No podía ser prioridad, pero lo era.

Enamorada de la comida era fácil que la ciudad se le viniera encima.

Las zanahorias en escabeche que servían en las taquerías eran su salvación: se las atascaba una tras otra, remojando discretamente sus dedos en el vinagre, como si estuviera robando. Así se sentía cuando tenía dinero para un solo taco, como robando. Pedía doble porción de salsa, más nopales, más cebollitas.

¿Me puede pasar más totopos? Y más tortillas, por favor.

A Ana le gustaban las zanahorias porque eran bajas en calorías.

Ahora no logra recordar si, antes de Ana, se aguantaba el hambre por necesidad o por voluntad. Le gustaba comer, le gustaba no comer. Lo único prohibido era desperdiciar comida sin haberla probado primero.

La táctica era llenarse primero con agua.

La táctica era lavarse los dientes a cada rato.

El arroz del sushi, ¿lo probó antes de tirarlo?

Ana le enseñó que las cosas pueden disfrutarse libremente.

Hay muchas maneras de acceder a lo que nos gusta, están los olores y las miradas.

No todo es controlar.

Están los recuerdos y las imaginaciones.

Lleva sus dedos a la encía superior, la exprime y chupa la sangre con su lengua árida.

Llamaban comer al acto de desaparecer la comida. La mesa repleta y, de pronto, vacía.

Comimos.

Pasar el alimento por la garganta hasta el esófago.

También, saborear un bocado y escupirlo antes de tragarlo, exprimir el jugo con dientes y lengua, y devolver la fibra.

Permitir la explosión de azúcar.

Que no se desperdicie su esencia.

La lengua despierta, se relaja, se adormece, el cuerpo se vigoriza, los poros se abren, entra oxígeno.

Te quiero.

Te quiero comer.

Dientes de leche, dientes amarillos, picados, transparentes.

El esófago de Ana conoce el alimento que entra y sale.

El suyo, en cambio, lo ha olvidado. A ella no le gusta vomitar, tampoco le gusta tragar materia sólida.

La comida va en el basurero, no en la panza.

La primera vez que comieron juntas en la fonda, ella pidió un vaso de agua antes de ordenar el primer plato. Ana sonrió, aprobatoria. Ella ladeó la cabeza como un perro al escuchar un sonido agudo.

Estaban en territorio inexplorado, pero ninguna de las dos lo sabía.

Ana nunca había ido a una fonda, no a una verdadera, donde el sabor del agua fresca fuera un enigma, con vajillas de distintos juegos, cucharas filosas, servilletas diminutas y delgaditas.

Ella tampoco había ido muchas veces. Consideraba un lujo pagar por comida y no estaba acostumbrada a ser atendida, siempre le había tocado estar del otro lado.

Ese universo nuevo lo colonizarían juntas.

El sol, que era un huevo frito, nacía en lo alto de una montaña de arroz.

Un huevo frito, cien calorías, las mismas que un omelette hecho de puras claras.

Un huevo duro, menos de ochenta.

Ana le enseñó a contar calorías. El vacío estaba bien, el hábito de la hornilla encendida, pero era insuficiente y había que mejorarlo, como tantas otras cosas en ella.

Al verla desinflar la yema, Ana le ofrecía un tenedor.

¿Siempre comes todo con cuchara?

También le enseñó a medir porciones con las manos: un puño para las verduras, la palma en forma de cuenco para los frijoles, y que las grasas no sobrepasen un pulgar. Pero sus manos eran el doble de largas que las de Ana y las porciones quedaban muy abundantes.

Ella pensaba en su abuela, que usaba las manos para pesar el maíz que les servía a las gallinas.

Ahora, de pronto piensa en el arroz, que debe de seguir en el basurero. Percibe la salivación al fondo de la boca. Arroz para comer a puños, y el mismo puño recibiría el bocado de vuelta, masticado.

Piensa en la noche en que Ana y ella prepararon un banquete como para seis personas y se lo comieron entero en menos de veinte minutos. Huevos tibios, ensalada de lechuga y espinacas, pollo asado con limón, arroz blanco, espárragos salteados, cebollas y ajos en escabeche, naranjas dulces, fresas y uvas. Ana apuntó las calorías en el azulejo del baño, ella se puso nerviosa e intentó borrarlo, temiendo que la casera se enterara y se lo cobrara en la renta. Sintió vergüenza de inmediato y la aterró la posibilidad de estar arruinando la noche. Ana acabaría cansándose. Ana buscaba la ligereza. Ella encontró un racimo de uvas, las únicas sobrevivientes del atasque, y se lo llevó a la boca de un solo empuje. Sintió cómo el azúcar la despojaba de la pesadez. Eufórica, con el corazón como un aleteo de ave, se colgó de Ana y continuó el festejo. Se midieron caderas y estómagos y anotaron las cifras en la pared. Escribieron sus nombres con dibujos cursis que luego tacharon. Ella, un corazón; Ana, una llamita ardiendo.

El bebito habría tenido los ojos azules y centelleantes como los gatos. Bebito peludo, marino, anfibio, de espina dorsal afilada y dientecillos triangulares.

Le vamos a enseñar a comer como es debido.

Bebito crustáceo, enconchado.

Él se va a comer todo lo que nosotras no queramos.

Yo le saco los vómitos.

Lo vamos a querer mucho y le vamos a enseñar a nadar y a volar.

Lo sacamos a pasear en las mañanas, como a un cachorro, y luego en las noches que nos acompañe a comprar cigarros.

Vamos a vestirlo de niña.

Porque va a ser niña.

Entonces que ande desnuda, como nosotras.

La hornilla a fuego bajo reduce la energía al mínimo de supervivencia. Los ritmos del cuerpo se desfasan y la mente deambula como cuando los chivos del vecino saltaban la cerca para molestar a la abuela.

La abuela, derritiendo hielos en su lengua podrida.

La lengua de res es carne dura.

Qué hambre.

Ha vuelto a ser la niña que fijaba la mirada en el paisaje para olvidar su estómago vacío.

Ahora, el único horizonte es el zaguán, la vida en la ciudad es así.

Las primeras semanas, su jornada en el restaurante empezaba a las seis de la mañana. La ciudad, bajo el manto de la noche espesa, le parecía una extensión de su cama. Días enteros sin mirar amaneceres. Más tarde, ya con Ana, comenzó a organizar sus horarios a conveniencia.

Chantal inventaba pretextos para ausentarse y le sugería imitarla.

No les debes nada, decía.

Ella hacía como que la escuchaba. Sin embargo, nunca se atrevió a hacer lo mismo.

Hoy se arrepiente.

Ana también se lo pedía.

Quédate, mira qué lindo está el clima.

Nunca lo logró. La sola idea era angustiante, se imaginaba sin empleo, en la calle, tiritando de frío bajo la lluvia y con sus pertenencias en una bolsa de plástico.

Admiraba el cinismo de Chantal, que faltaba varios días y luego se presentaba sin dar explicaciones. Pronto el estupor se esfumaba y Chantal le parecía una persona desconsiderada, sus constantes salidas a fumar retrasaban las cuentas y los clientes dejaban propinas miserables.

Chantal como que percibía su enfado y encontraba formas de ganarse su simpatía. Le guardaba los restos de flan que habían quedado en los refractarios. Le alcanzaba una espátula con la solemnidad de un bastón de mando.

Date un gustito.

Ella no lograba resistirse. Ni siquiera se escabullía para escupir, lo devoraba todo de pie y sin pausas para jalar aire.

Pensaba en su abuela removiendo la tierra del huerto con un azadón oxidado.

Sírvete una rebanada y cómetela como gente decente.

Chantal se cruzaba de piernas debajo del gabinete. Espalda arqueada y mandíbula echada hacia adelante.

Ven, siéntate conmigo un segundo.

Usaba una peineta de carey que a ella le recordaba a algo. ¿A qué?

Tras varias cucharadas de flan, el mundo era otro, la gente era menos fea.

Chantal, que un segundo antes tenía el semblante de un perro guardián, ahora le provocaba ternura. La veía sacar una pachita de su brasier y empinarse un trago.

El olor del alcohol también le recordaba a algo.

El azúcar le devolvía la alegría.

Chantal golpeaba la pachita contra el plato que antes había contenido flan.

Salucita.

Terminado el rito, entre las dos volteaban las sillas sobre las mesas para que quedaran como patas de cucarachas. Ella se afanaba al doble para que Chantal descansara. La había visto llevarse las palmas a la espalda baja en un intento por aliviarse a sí misma.

Chantal aceptaba el favor, medio haciéndose la sufrida. Sentada, sorbiendo de su pachita, iniciaba la misma plática de siempre.

Le preguntaba si no extrañaba su pueblo.

Ella asentía, lavándose las manos en el fregadero.

¿No es peligroso por allá?

Ella se alzaba de hombros y bebía un último vaso de agua.

Ya en la calle, Chantal encendía un cigarro.

¿El mar no está muy contaminado?

A ella le molestaba que se pensara que las playas de su pueblo eran sucias. La gente inventaba muchas cosas, decían que habían visto jeringas, condones usados, gallinas sin cabeza, sacrificios de hechicería, fetos humanos.

Negaba, con una sonrisa en el rostro.

El azúcar ya la había elevado fuera del tiempo, la había liberado de todas las pesadeces.

Para nada.

Chantal eructaba humo muerto. Parecía uno de los viejos chacuacos del ingenio, antes de que los cambiaran por chimeneas de acero.

¿Te cae?

Vamos cuando quieras, insistía ella.

Un día de estos, respondía Chantal con los dientes manchados de labial.

La verdad era que ella no tenía referentes ni puntos de comparación. Nunca había estado en una playa que no fuera la de su pueblo.

A excepción de los ojos de Ana, que eran un día de mar con el sol en pleno.

En esta casa llena de rumores nadie pide permiso para hablar. Los gruñidos de su estómago se confunden con los maullidos de los gatos y sus salivaciones se encienden al mismo tiempo que el refrigerador. Toma más agua y el vacío se profundiza, pero ella no abandona la tarea, tiene que estar lista para cuando Ana vuelva.

Ana les puso nombre a los gatos de la calle: Chivo, Viejo, Monseñor y Margarita. Se quitaba los anillos para acariciarlos, primero en la barbilla, suavemente, y luego a contrapelo en el lomo por el puro gusto de molestar. Entonces, ellos cerraban su cuerpo con un reclamo casi humano. Todos, menos Chivo, que se quedaba a recibir más. Para él, cualquier forma de atención era aceptable.

Ana se volvía a poner los anillos antes de acariciarla a ella.

¿Por qué?

Es para limpiarte las vibras de otras personas.

El metal desinfecta igual que el vinagre y el limón.

Tal vez a Ana le gustara que su piel se erizara al contacto con el metal frío.

En este momento su cuello hierve, pero su torso, brazos y piernas están helados.

Cuando Ana aparezca, volverán a calentarse los pies la una a la otra.

Es como con los espantos, no te puedes asustar a ti misma.

¿Ni siquiera imaginando tus propios fantasmas?

No te puedes hacer cosquillas a ti misma y tampoco te puedes calentar los pies.

Esto último es mentira. Su abuela le enseñó a darse friegas con alcohol para curar todos los malestares.

Mentira.

Engañarse a una misma es fácil, hacerse reír es difícil.

Alcohol para limpiarse la memoria.

Su mamá metía los pies en una bolsa de plástico para regular la temperatura.

Hacerse llorar.

Para quitarse el frío.

Ana preparaba una taza de té tras otra, compulsivamente: infusiones, especias, un chorrito de limón, una redecilla metálica que entraba y salía de un pozo. Se sentaban sobre el colchón con las piernas en nudo, las manos envolviendo los pies como hojas de plátano.

Ella prefería el agua directo de la llave, pero igual se tomaba lo que Ana le daba.

Soy como el Chivo, pensaba.

Bishibishibishi.

Comían mandarinas compradas quién sabe dónde. En el mundo de Ana no existían las temporadas, se habían domesticado las cosechas, el planeta entero era una esfera al alcance de la mano.

El Chivo tenía los ojos amarillos, igual que ellas. Pero los gatos no sufren anemia, él simplemente tenía los ojos así.

Tal vez se le fueron percudiendo de tanto ver el sol directo. Solecito.

Sigue encontrando cabellos de Ana en rincones de la casa, quebradizos filamentos de magma, otro fuego.

La casera la observa a la distancia con una mirada oblicua de paloma. Está barriendo cenizas y flores de capote, deben de ser las seis de la mañana.

Ella siente presión en las sienes. Toca su cabeza para cerciorarse de que no trae puesta una diadema.

¿Qué me ve?

La casera la saluda, entrecerrando los ojos como si le hicieran falta lentes.

Ella se queda quieta y callada, con una sonrisa mal colocada.

De pronto, no puede recordar si la casera usa lentes.

Esa continua vigilancia le provoca la misma inquietud que sentía los primeros días al encontrarse cara a cara con los gatos. Varios pares de ojos sobre ella, parpadeantes, pupilas hinchadas y a la expectativa.

¿Qué querían?

Otra vez la invade la sensación de que no está actuando conforme a lo esperado. Sin Ana ha perdido todos los referentes.

En su visión periférica aparecen puntos plateados, diminutas gotas de mercurio.

La casera como que quiere acercarse y no se atreve. Ella se siente observada, un animal silvestre que provoca ternura o miedo.

Ana la llamaba tlacuachita.

¿Qué haces metida en la basura?

No le gustaba que escupiera.

La casera por fin se decide a cruzar el zaguán, pero ella ya no está segura de si es la casera verdadera o una nueva que se incorpora al resto del vocerío.

¿Quién observa y quién es observada?

Criatura, ¿ya desayunaste?

Ella creía que sabía mentir, pero ahora piensa que tal vez no engañaba a nadie.

Chilaquiles.

Tacos de ayer.

Sushi.

Un licuado en vaso de unicel.

¿No vas a ir a trabajar?

Intenta no asomarse a la sección de su mente que está llena de maleza: temores, remordimientos y otras emociones disfrazadas.

Debió haber faltado al trabajo cuando Ana se lo pidió.

Tú y yo en la cama todo el día, piénsalo.

Cubre el recuerdo con un velo. Imagina un árbol que deshoja pétalos que son cáscaras de fruta.

Ándale, y hacemos como las nutrias, que duermen agarradas de la mano.

El velo es grueso. Oculta el recuerdo, pero revela sus formas, no sea que se olvide lo que hay debajo y los fantasmas embistan.

Fantasmas cubiertos de sábanas.

La mortaja de su abuela se humedeció como si su cuerpo estuviera sudando.

Las palabras devuelven a los muertos al mundo, que están todo el tiempo regresando.

La abuela se balancea en la hamaca, una pierna descansa arriba, la otra hace palanca para columpiarse.

Chamaca, te caes de hambre.

La voz de su abuela se empalma con la de la casera, que la mira fijamente.

Criatura, hice de comer.

Fantasmas como la ropa del tendedero.

La casera parecía llevar una vida a la que le faltaran más personas, como si los actores de la película no hubieran llegado a trabajar. Acostumbraba guisar para otros, por eso era buena cocinera.

Ella encontraba recipientes en la puerta de su casita. Al principio rehusaba la comida, pero acabó cediendo. No atinaba a dar las gracias, únicamente lo engullía, a solas, de pie en la cocina. Migas, enchiladas, peneques, coliflor capeada, borujos disolviéndose en saliva ácida. Disfrutó cada uno de los guisados, aunque no se permitió tragar ninguno. Los escupió, vueltos líquido, intoxicada de sabores y aromas.

Fue Ana quien comenzó a retribuir el gesto amable. Devolvía los recipientes con comida nueva, restos de los postres que ellas mismas comían.

Voy vengo, decía, y cruzaba el zaguán con un cigarro en los labios.

Mientras tanto, ella lavaba los trastes.

Un día le preguntó a Ana si la casera era viuda.

No, es huérfana.

Ella no hizo más preguntas, pero ahora de repente vuelve a pensar en ello.

Huérfana, una vieja.

No hay edades para el vacío.

La orfandad no inicia con la muerte, se carga desde siempre como cualquier semilla.

Criatura, un huevito, dice la casera.

O tal vez:

Por lo menos acéptame un licuado.

O tal vez:

¿Tegus tala carlo tade li món?

Comida. Todo era pensar en comida. La vista nublada tras la intoxicación. Embriaguez, euforia, enfermedad, glaucoma, vacío, ácido, hambre, fuego.

Se te va a secar el coco de tanto pensar.

Fantasea con llevarse a la boca una cucharada de carlota. La escupe. Otra cucharada. La traga. Tiene ganas de vomitar, pero se las aguanta. Ni siquiera en sueños se permite la ingesta. No le gusta vomitar. No le gusta hacer cosas que no le gustan.

Ana escondía postres para ella en lugares insólitos de la casa: galletas, brownies, macarrones, empanadas de cajeta y pequeñas tartas de fruta, tesoros dulces distribuidos en cuarenta metros cuadrados.

Ella le había contado del juego de buscar y encontrar que había aprendido de chica: frío frío tibio tibio caliente. No recuerda haberlo jugado nunca, únicamente vio a otras niñas jugándolo, pero eso ahora le parecía la misma cosa.

A lo mejor sí lo jugó. Tal vez su abuela fuera más tierna de lo que ella piensa.

Ingrata chamaca esta.

Se preguntaba, se pregunta todavía, dónde y a qué horas compraría Ana aquellos postres.

Ana no revelaba nada, nunca decía qué había estado haciendo todo el día.

Pero los besos. Los besos eran la mejor respuesta.

¿La cocina? Fría. ¿La recámara? Tibia. El baño, caliente, caliente, caliente. El papel higiénico se incendia. École. Lotería. Una rebanada de panqué de nata, lustrosa como la piel de un turista.

¿Me preguntaste algo?

Las dudas no son de los sentidos, sino del pensamiento, que es mal consejero.

¿Y para qué quieres saber?

El azúcar viaja fácilmente, espabila el cuerpo como un baile de carnaval.

Todo era pensar en azúcar. Y en Ana. Las dos estaban unidas, era imposible separarlas.

Terminada la fiesta, otra vez al baño a intentarlo.

No queremos que te pongas fea.

No, no.

Antes de conocer a Ana, pensaba en su abuela todo el tiempo. Ahora se pregunta si ocupar con una el espacio de la otra no sería como traicionar a la primera.

Pero a la abuela fantasma no le importan esas tonteras.

Y es que Ana era tanta Ana.

El azúcar, la saliva, los besos en la panza, los olores. Todas las cosas que le dijo. Los silencios, hondos y extensos, que la tuvieron pensando durante días, y aún ahora.

¿Por qué hablas con la boca llena?

¿Por qué te cubres la cara cuando masticas?

Su abuela trituraba camote con la boca abierta, escupiendo trocitos al hablar.

Chamaca, ¿no quieres un poco?

Risa como un vidrio que se revienta.

La casera coloca un refractario de carlota en la mesa. ¿Cuánto tiempo lleva aquí?

¿Acaba de despertar de un sueño?

No se ha sentado, se infiere que tiene prisa. La contempla, inmóvil, con una cuchara en la mano.

Criatura, ¿ni un poquito?

Ella mira el refractario entre los puntos plateados que se agrupan y se deshacen, y hace la finta de acercarse. La casera se adelanta y sirve una porción generosa.

¿No vas a ir a trabajar?

Ella se llena la boca para no contestar. Se pregunta si algún movimiento involuntario de su cabeza delatará una respuesta.

Se te hace tarde.

Entibia el bocado, salivando desde el fondo. Percibe su esófago encendiendo motores, las vísceras revolucionadas, el cuerpo listo para el arranque.

La carlota está hecha agua adentro de su boca.

La casera la observa inflar los cachetes.

Ella no se atreve a tragar. No encuentra acomodo para su lengua. Abre la quijada sin despegar los labios. La incomoda sentirse observada.

Váyase, piensa.

Tiene que tragar, ha pasado demasiado tiempo. Algunos regalos traen castigo.

A Ana la hipnotizaba verla comer, sus ojos azules se volvían patrullas de policía.

¿A qué sabe?

Al principio ella no tenía muchas palabras, poco a poco las fue encontrando.

La carlota sabe como a que un mosquito te picó la lengua y alguien te puso miel.

Después de un silencio prolongado, la casera sale de la casa.

Criatura, se te va a hacer tarde.

A solas. Por fin.

En cuanto la pierde de vista, escupe en el fregadero. Ya no tiene que esconderse para ser ella misma.

Abre la llave y deja correr el agua. Ahora sí se llena la boca con sendas porciones de carlota. Machaca el hielo con las muelas, remueve la cremosidad untuosa. Es feliz. Traga un total de dos bocados que disfruta a lo largo de veinte minutos.

El refractario ha quedado vacío. Su estómago, intacto. El mundo está limpio.

Ahora la casa hará la digestión por ella. Las tuberías son como los intestinos, piensa, se quejan cuando tienen y se quejan cuando no tienen, inundan el espacio con gruñidos.

No quiere que nadie la vea comer, que nadie la vea en general.

La única mirada permitida era la de Ana.

La extraña tanto.

Siente los dientes destemplados.

Los abrazos de Ana, en uno de esos se sostenía el mundo.

Sí conocía la alegría, piensa. La había conocido de niña. Nadar entre peces, caminar sobre el baluarte viejo, brincando entre los tablones invadidos de percebes, sumergir el rostro en el pecho sudoroso de su mamá, con olor a jazmines, y el disparo frío del azúcar ascendiendo por su torrente sanguíneo.

Todas esas son cosas que hizo. O tal vez no. Eran actividades solitarias, silenciosas, sin testigos. Tampoco piensa demasiado en ello.

Con Ana, lo que sí era nuevo era el borboteo. Ese vapor que le venía de adentro, que no se correspondía con el frío del entorno. Ese no lo había conocido antes.

Quítate la ropa.

A veces no entiende cómo acabó convirtiéndose en parte del espectáculo, si ella siempre había observado todo desde la comodidad de las penumbras. Intuye que el calor habrá tenido algo que ver.

Incluso cuando iba a la primaria, sus constantes entradas y salidas le impedían integrarse al mundo. Varias veces llegó a la escuela y al encontrarla atrancada descubrió que era sábado. Se sintió como una turista, ridícula, como una de esas que quieren pasar por locales pero no consiguen pronunciar la palabra chilpachole.

Cuando era niña, los domingos caminaba con su abuela hasta el entronque del médano con apenas un taco de azúcar en la panza. Ahí esperaban el primer autobús al playón.

En la noche cerrada, el faro delantero, tuerto y amarillo, parecía un barco arribando a la costa.

Recuerda el peso de los animales a pilonche, pollos y conejos marinados en achiote y otras especias, mientras que la abuela cargaba una canasta con tortillas arropadas en jirones de tela blanca. En esa época los marinos aún tomaban una ruta distinta hacia el cuartel, por lo que ella y su abuela eran las únicas pasajeras. Igual iban de pie para no estropear las cargas.

El aroma avinagrado y picosito la hacía salivar. La hace salivar ahora, todavía. Luchaba con todas sus fuerzas para olvidar el hambre. Llevaba su atención a otro lado, al paisaje de mangles bobos y a las mulitas panzonas de las rancherías.

La abuela le hacía promesas que no pensaba cumplir.

Buñuelos de calabaza, champola de guanábana o del sabor que tú quieras.

Ella contaba las horas, aguantando las ganas de orinar.

Mamey, vainilla, jobo, zapote, tamarindo.

Sentía las gotas de sudor escurrirse en su espalda durante todo el trayecto, con los animales en el rebozo, tibios como bebés.

Bebés muertos y marinados en sal de mar.

Pensaba en la champola, en el popote clavado en el hielo.

La abuela la dejaba a cargo de la canasta e iba a sentarse en la primera hilera, justo detrás del conductor.

Ella se quedaba quieta, como siempre, con sus fantasías galopando.

Nanche, ciruela caca de niño, carambolo.

¿Qué me cuenta, madrecita?

La abuela se inclinaba para responder, apoyando una mano en el respaldo.

Esta chamaca que crece y crece.

Parecía que el conductor tenía una espalda enorme y que la abuela la acariciaba.

Con el chincual que se les mete a las de su edad.

A veces la abuela actuaba como si ella no pudiera escucharla, como si el fondo del autobús estuviera lejos, o como si su imaginación la hubiera aventado más lejos todavía.

La abuela había empezado a perder el oído, la vista, el pelo y los dientes, aunque mantenía intactas sus percepciones mágicas. Por lo demás, ya se comunicaban todo a gritos.

El chincual de irse.

Recuerda el hambre. Tanta, tanta hambre. La hornilla encendida. Fuego en la boca del estómago.

La saliva, el achiote, el sudor de las manos, el olor metálico del autobús.

El hambre despeja la mente, chamaca.

Para ese momento, el dinero de la semana ya se había acabado y su mamá no había vuelto. Era la temporada de sequía, así le decían ellas, sequía de los marinos y marineros.

Tanta sed.

En el pueblo ya no les fiaban y habían comenzado a mirarlas raro. La abuela decía que era por culpa de su mamá y de su trabajo, que ni siquiera era un trabajo. Su mamá decía lo mismo: que era por culpa de la abuela, pleitosa, vengativa y bruja.

A Ana le encantaban las historias de brujería. Ella se las daba a manos llenas. Le resultaba más fácil atender a las voces de su cabeza que aventurarse a escuchar la propia.

Algunas veces, repitiendo lo que le sucedía en la escuela, se presentó en el restaurante durante sus días de descanso. Sin embargo, para ese entonces había aprendido a disimular sus errores. Actuaba como los gatos, fingiendo que todo había sido planeado. Se quedaba la jornada completa sin exigir pago extra.

Esto fue antes de Ana, de descubrir que las alegrías del cuerpo podían compartirse. Comer, reír, hacer reír, bañarse, no bañarse, no peinarse, andar con ropa holgada y los dientes sucios y tener sexo en la cocina.

Los días de descanso se volvieron sagrados.

La más simple de las caminatas implicaba partir el mundo en dos.

Cuidado, que vamos a pasar.

Y el suelo se plegaba ante ellas.

Los domingos tomaban siestas interminables, despertaban enfurruñadas y con el rostro hinchado igual que si hubieran estado bajo el agua.

En ese entonces ella todavía sudaba. Ana la limpiaba con toallitas. Presionaba como absorbiendo el excedente de una milanesa.

Déjame que te quite el sebo, apestosita.

Escuchaban música en el teléfono, caían dormidas de nuevo y el teléfono se extraviaba junto a la cama; se manchaban los dedos con ceniza y polvo, buscándolo.

La casa ya era de las dos, pero Ana se seguía comportando como una visita, como si la suciedad le pareciera un problema que se resolvía solo. A menudo compraba comida hecha, con tal de no lavar los trastes.

Ahora recuerda que Ana era tan generosa con las propinas, que alguna vez ella llegó a pensar que también merecería una por sus servicios de intendencia.

Chamaca, no seas cuentachiles.

Ella tendía la cama, sacudía, barría, trapeaba y lavaba los baños. Se imaginaba enfundada en uniforme de conserje, encarnando el espíritu de su abuela con las manos resecas y avinagradas.

Chamaca, andas desquehacerada.

Cuando los turistas dejaban bolsas de plástico en la playa, su abuela las recogía para que no ensuciaran el agua. La gente pensaba que andaba pepenando basura.

La mano que se lava en el océano sale más suave y tierna.

Ana se llevaba los dedos a la entrepierna y se los daba a oler.

Contigo el mar se siente cerca.

Te toca.

Cerquísima.

Cuéntame otra historia.

Otra vez los domingos de mercado, lo de las tortillas, la canasta y la fama de buena cocinera de su abuela, los animales que se vendían como pan, las personas que se arremolinaban alrededor de ellas dándose codazos igual que en el metro.

Ana no sabía cómo era eso.

El metro.

¿Cuántos años tenías?

¿Cuántos tenía? ¿Siete… once?

La abuela no podía esperar a que ella creciera para darle carga más pesada. A su edad su mamá, que por cierto era una enclenque, había llevado hasta chivos y guajolotes.

Eso fue antes de empezar con sus mañas.

Hay mucha diferencia entre siete y once años.

¿Nunca has usado el metro?

Estabas chiquita.

Pero ella no medía el paso del tiempo, si acaso el año escolar, de primero a sexto, de primero a tercero, y eso era todo. Aún ahora, solamente recuerda las épocas por los grandes sucesos: el desborde del río, los trabajos de su mamá, la construcción de la casa, la bagazosis.

Lo único que recuerda con exactitud es haber dejado de comer a los once años, cuando le bajó la regla. Calor, sudor, hambre, la domesticación de sí misma. También fue el año de la huelga.

Antes de irse del mercado, su abuela pedía prestada una cubeta para lavar las escaleras. A esa hora el calor integraba los sudores en un solo aroma a conservas, limón y grasa de cocina.

Mi abuela olía como las zanahorias que ponen en las taquerías.

Me encantan esas zanahorias.

Qué hambre.

La abuela incumplía sus promesas, pero a veces compraba una gloria que compartían entre las dos. Caminaban hasta el malecón y se sentaban a la sombra de los almendros a mirar a los turistas.

Cochinos güeros.

La abuela parecía una cabra lamiendo sal, trituraba el hielo con su paladar pelado. Al final, dejaba todo el plátano para ella.

Míralos, todos pelados, parecen jiotes.

Los turistas la escuchaban, quizá no le entendían.

La abuela, entonces, sacaba unos paños blancos del fondo de su canasta, se enfundaba como una virgen y se ponía a ofrecer sus servicios.

Trabajos, trabajos baratos, amarres.

Ana abría los ojos enormes para atender a su parte favorita de la historia: la virgen chimuela, patrona de las artes ocultas.

Pero dilo cantadito.

Amarres y sentimientos de amor garantizados.

¿A mí qué brujería me hiciste, mugrosa?

Por la tarde llegaban camionetas con logotipos de hoteles. Los vendedores las rodeaban como mosquitos. Pásele, pásele, güerito, ¿qué se va a llevar? Fayuca, fantasía, cachuchas, sombreros, paliacates, artesanías de concha y de coco.

La abuela permanecía sentada con el paño blanco al aire. Parecía una piedra marina, un caracol pulido por las olas. Algunos gringos pedían permiso para tomarle fotos. Otros las tomaban sin preguntar, viéndolas con lástima. Les aventaban monedas como si fueran pordioseras. A esos, la abuela los embrujaba.

Con la mirada.

¿Qué les pasaba?

Quién sabe.

¿Ya estaba enferma?

Creo que sí.

Ella conocía a su abuela como se conocen los movimientos del viento después de haber pasado un rato en la playa. Sabía que la pañoleta era mitad por la brujería mitad para cubrir su cráneo que se iba quedando sin pelo. Sabía que el plátano le provocaba gases y que desde la huelga del ingenio culpaba al azúcar de todos los males, sin dejar de consumirlo. Sabía lo que pensaba de los marineros que comían en las palapas, de los estudiantes de la naval y la mercante, y lo que pensaba de ella, de la chamaca, de eso que se les mete a todas las chamacas. Y también sabía por qué algunos días la hacía vestirse con playeras enormes.

Sabía cosas.

Que el tlaconete canta en los días de lluvia y suena como el beso de un marinero.

Que los cítricos se enferman de tristeza y que esto se descubre hasta probar el fruto.

¿Estaba enferma la abuela? Los domingos, después de haber pasado todo el día fuera, le daba el váguido apenas llegar a la casa. Se arrastraba hasta la hamaca, y la canasta, que ahora sí tenía viandas, iba a dar al piso.

Ella corría a la cocina a prepararle un segundo taco de azúcar y un Conmel. A veces, si la venta había sido buena, incluía también una Pepsi. Sabía que la abuela tosería hasta entrada la noche, elevando los pies varicosos.

El tlaconete se pega al pecho de las mujeres.

¿Conmel?

Es una pastilla.

¿Taco de azúcar?

Ajá.

Ahora, sin Ana, es ella quien se ha quedado seca. Ni siquiera hace el intento por recuperar el movimiento. Su saliva tiene un sabor agrio y la humedad de su entrepierna es un recuerdo climático, como la brizna del sereno.

Los primeros días, la alegría que compartía con Ana le hacía pensar en los turistas que entraban corriendo al mar despojados de camisas y calcetines.

¿A dónde fue a dar toda esa gente?

Ahora ella también se siente como una nadadora primeriza tragando sal. Boquea. Confunde el bombeo errático de sus pulmones con palpitaciones.

La llamaban casa. Decirle hogar era cursi, y no era un departamento propiamente. Era la casa, a secas.

Ana la abrazaba.

Cuatro piernas y cuatro brazos, dos tonos de piel y pelo.

Pulpo hembra.

Caracola reina.

Lagarta terrible.

Volcán, explosión solar.

Maremoto.

Una orquídea sedienta que se adentra en la espesura.

Una noche la casera se asomó a la ventana de la cocina y las vio enredadas, desnudas niñas de río. Desde entonces comenzó a usar el plural para despedirse en las noches.

Hasta mañana, criaturas.

Un faro que se enciende en la noche cerrada.

Ella se acostaba con el ombligo hundido y las rodillas altas, tensa como la superficie del agua. Ana era el barco que rompe y revuelve la calma.

La primera vez, Ana le dijo que su sabor era delicioso, que daban ganas de quedarse ahí paladeando. Habló de su sudor, de su saliva, del efluvio que brotaba entre sus piernas.

No cabe duda de que naciste en la humedad.

Al agua no se le frena, se le encauza, se construyen presas y tuberías para controlar lo incontrolable.

La abuela decía que, alguna vez, un sismo había cambiado el curso del Pajaral. También decía que faltaba poco para que sucediera de nuevo.

Va a ir de retache.

¿Qué estás pensando?

Nada.

En que nosotras vamos a volver al agua.

La carlota le ha inflamado el vientre. Junto con el sushi, era el primer alimento que probaba en días. Le gustaría ser una vaca de ranchería, sentada cómodamente a la sombra de un árbol, y que le dieran ajo para ayudarla a distender.

Hay que llenarse para poder vaciarse.

Y ella que no puede vomitar.

Percibe sus rodillas huecas, aflojadas, incapaces de soportar su peso. Inhala hondo, atenta al bombeo de su corazón grueso y cetáceo. Toda ella es un cúmulo de gases extraviados que la recorren de arriba abajo, obligándola a emanar ventosas por cada orificio del cuerpo. Rugidos, como advertencias de aguacero.

El piso está repleto de ceniza y diminutos cristales dulces. Tal vez la casera estuviera en lo cierto y a la ciudad la amenazara un gran volcán.

Si tan solo alguien pudiera cuidarla, llevarla de la mano al retrete.

Hay que andarte arriando.

Ana y ella, semovientes.

Las vacas predicen las tormentas.

Vacas brujas.

¿Cuánto tiempo ha pasado ya?

Encuentra una colilla en el basurero del baño. Ana botaba cigarros encendidos que quemaban la bolsa de plástico.

Ana tenía cicatrices en el dorso de la mano a las que llamaba tatuajes.

Eran quemaduras de otro tiempo, de antes de la domesticación.

Una noche se quedó dormida fumando y las brasas llegaron hasta el colchón.

Una hendidura de contornos oscuros.

Mira, una costra.

La herida de Ana y la herida de la cama, estigmas de un territorio en común.

Las vacas se tocan, se agrupan, y acontece la lluvia.

Recuerda que besó su mano y que le preguntó si las cicatrices le dolían.

Era una pregunta que se hacían todo el tiempo:

¿Te duele? ¿Te lastima?

No.

La respuesta siempre era no, incluso cuando era sí.

Aprieta su vientre con las manos y las yemas casi se tocan, estrangulando su ombligo que es puro pellejo.

Carne magra, comida de vigilia.

Ana la felicitaría por la figura que va adquiriendo, decía que la traza de la clavícula era su mayor atractivo.

Qué rico huesito.

Su cuerpo la recuerda y su mente la conduce por los caminos que Ana trazó. Ahí donde no había nada, ahora hay trayectos, sentidos, puntos de descanso y de consumo. Tres cuadras a la derecha hasta llegar al cajero automático. Luego hacia la izquierda, al carrito de los esquites.

Entre murmullos, Ana le habla.

Se me antoja, ¿compartimos?

En su cabeza, Ana mantiene siempre un volumen bajo.

Chile del que no pica y mucho, pero muchísimo, limón.

El vapor de la cacerola neblinea el aire con su olor a yerbas. Ella entrega un billete, recibe el cambio, hace el esfuerzo por no contarlo, luego desanda los pasos de vuelta a casa. Mastica los granos, que se deshacen en la abundante saliva, y bebe el jugo todavía tibio.

Ana chupaba el tuétano poniendo los labios como para chuparla a ella.

Eres un huesito duro de roer.

En este punto abandona la ensoñación.

La orina tarda en salir, atropellada y clara como agua de la llave.

La culpa y la sed se combaten a grandes tragos. ¿Cuántos litros para pagar dos bocados de carlota de limón?

Ana, hazme el cálculo.

Qué burra eres.

El mundo se ensombrece.

¿Por qué eres mala conmigo?

Porque me encantas, ¿qué no ves?

Para ella, el mayor atractivo de Ana eran sus labios redondeados al fumar, como si cada bocanada fuera un beso. Y esa manera de plegar el mundo a su alrededor. Eje gravitacional, magnético.

Ella fue adaptando su metabolismo a los ritmos nuevos, pues Ana comía poquito y a deshoras. Una zanahoria de desayuno, diez calorías, una cucharada de atún para la cena, otras diez, luego otra, de postre, luego otra más. La microingesta y los atracones la llevaron a vivir en los extremos: completamente llena, completamente vacía y cansada todo el tiempo.

Si Ana no regresa, volverá a comer a horas fijas.

Las horas vacías de tiempo.

El transcurrir del reloj es inexacto.

A veces no sabía si la temperatura del mundo había aumentado. Tal vez fueran únicamente sus cuerpos los que ardieran, como resistencias cerámicas en una cubeta de agua.

Ana la navegaba de arriba abajo. Los líquidos de sus cuerpos se espesaban. Abdomen, muslos, espina dorsal y la terminación de las vértebras. Remaba entre saltos, cascadas, manantiales bardeados por rocas.

¿Te gusta?

Sí.

¿Qué es lo que más te gusta?

Comer.

Manjares inagotables, segunda porción, postre, segundo postre, más, siempre más.

Beber.

Animal que se come a otra animal.

Chupar. Lamer. Besar.

Que luego lo escupe para comérselo de nuevo.

Volverá a no comer, a dormir con la puerta abierta. Volverá a despertar plena, exultante, con la piel agrietada, un río en temporada de secas. Volverá el letargo y se prolongará hasta que las voces, el hambre o la sed la obliguen a levantarse.

Todavía despierta pensando en el desayuno. Así ha sido siempre. Si tiene comida en la casa, se obsesiona. Si no la tiene, planea cómo conseguirla.

Su abuela insistía en que había que acabarse todo.

No sabemos cuándo vamos a volver a comer.

El hambre es canija.

El hambre se debe domar.

Atragantarse como si el mundo estuviera en llamas.

Extraña los besos de Ana, sus chicles mentolados, pólvora, despliegue de infantería, la primera avanzada que abre el fuego.

El foco del baño vibra como un cuarto de máquinas.

Siente cosquillas en los labios de la boca y en los del cuerpo.

Ha vuelto a masticar su pelo.

Compartían el gusto por el vacío y repudiaban la pesadez, condenadas a vivirla.

Odiaban sus estómagos llenos, pero no sabían operar de otra manera.

La meta era la ligereza. Diferían en los métodos para alcanzarla.

La llegada de Ana a su vida inauguró la temporada de atracones. Ella nunca había tenido la despensa bien surtida, eso le parecía una cosa como de la televisión. Ahora, cada vez que buscaba algo en el refri, recordaba el de la tiendita de su pueblo, sus cristales sudorosos, lagrimeados, y a los camiones de la Pepsi y de la Corona que resurtían pedido los martes.

Antes de la electricidad, las bebidas se tomaban tibias. Su abuela se burlaba de los viejos que celebraban la pesca vaciando caguama tras caguama.

Ha de saber a miados.

Pensaba en eso cuando Ana tomaba seltzers, insípidas, picosas, como abrir la boca en la regadera.

Las compraban en el súper en paquetes de seis. Ana nunca miraba el recibo, simplemente sacaba la tarjeta y firmaba, ni siquiera pausaba la conversación.

A veces, ya formadas en la caja, justo antes de pagar, Ana de último minuto decidía ir al baño.

No me tardo.

Ella la esperaba con la panza hecha nudo, temiendo que no volviera, calculando en silencio el costo de las seltzers. Doscientos. Tal vez trescientos pesos.

Buscaba a Ana entre los pasillos, parándose de puntitas.

¿Con qué ojos?

La descubría pesándose en la báscula de exhibición.

Varias veces fingió no darse cuenta, pero en cuanto pudo juntó las propinas de varios días y se la compró.

Ana sonrió, amplia, inmensa, mostrando las encías que normalmente ocultaba, y anotó su peso en la pared junto a las otras cifras. Registraba hasta la más ínfima transformación de su cuerpo, obsesiva, adicta a las mediciones.

Ella tenía una obsesión mucho más simple: Ana. La necesitaba. Amaba su euforia, que se parecía al azúcar y que también mutaba en otras emociones al descender. Vergüenza. Agradecimiento. Miedo. Insuficiencia.

Qué no daría por ver aquellas encías de nuevo.

¿Cuántas cosas no hizo con tal de verla feliz?

Recuerda el día que preparó un chilpachole bajo en calorías. Cebollas, quince. Tomates, veinte. Chipotles, prácticamente cero. Y unos pocos camarones cocteleros, muy pocos y demasiado caros. Papas. La abuela le había enseñado a sustituir los mariscos con papas.

No estaba en condiciones de hacerle muchos regalos a Ana, por eso la entusiasmaba la idea de traer algo a la mesa. ¿Qué otra cosa podía ofrecer? Tan solo un par de guisados y las historias de una vieja menudera.

En su cabeza, se iba delineando un sofisticado sistema de trueque. Ganaba puntos haciendo méritos en secreto: destapar la coladera del baño o lavar las sábanas. Basaba los cálculos en las cifras disparatadas que su abuela le susurraba en ecos.

Si te quiere, que te mantenga.

La abuela, parada en puntas para alcanzar a ver el fondo de la olla.

Ese caldito te quedó de rechupete.

Ana devoraba los camarones y luego inclinaba el plato con las manos para beber el caldo a grandes tragos. Ella ganaba puntos cada vez que Ana repetía porciones. La deuda imaginaria que la torturaba comenzaba a reducirse.

Ana se acercaba a la estufa para comer directo de la olla.

Qué rico está esto.

La abuela se hacía a un lado.

Cóbraselo caro.

Puntos, mil puntos. Ella sentía una satisfacción cálida, como acariciar a un animal dormido.

Ana se quemaba la lengua por no apagarle a la lumbre, hablaba con la boca llena, se ensuciaba la ropa, iba vaciando la olla cucharada a cucharada.

A ella le gustaba verla así, maniaca.

Al final, con los trastes apilados en el fregadero, la casa se impregnaba de una cierta atmósfera de devastación, como un cementerio de bueyes, campos ahogados, roza y quema, un coloso industrial venido a menos; ahí donde había habido mucho, ya no quedaba nada.

Lo que seguía era que Ana se encerraba en el baño.

Mientras tanto, ella lavaba los platos. Tallaba la estufa con el mayor escándalo posible para silenciar las arcadas.

Ana salía con los ojos rojos y mascando chicle. Hervía. Todo su cuerpo hervía. Murmuraba con voz muy ronca.

¿Tu abuela te enseñó a cocinar?

Acostadas, descansaban sus estómagos extenuados.

Su abuela también tenía la garganta herida.

Áijuela, se quemó la güera.

No sabía qué responder. La abuela no le había enseñado, ella había aprendido mirándola.

Conejo en pibil, arroz con ajo entero, papas blancas y moradas, plátano macho aporreado, frijoles refritos en manteca, polvo de hoja de aguacate, acuyos enteros, extendidos, achichinados.

¿Manteca de qué?

¿Cómo que de qué?

¿Qué son las chilpayas? ¿Qué tanto pican?

Se le están olvidando los sabores.

A Ana le gustaba su comida. Ojalá vuelva, aunque sea solo por eso.

¿Qué tarugadas dices, chamaca?

Piensa en conejos acomodados en trenecito.

Piensa en huevos duros con limón.

El mundo está puesto del revés.

Ana se vaciaba pronto, mientras que ella continuaba llena durante horas. Desbordada. No podía orinar, no podía vomitar, le costaba trabajo respirar, su propia corporalidad era inaguantable.

Una toalla revolcada por las olas, pesada de agua y arena.

Los retortijones competían con las voces.

De golosos y tragones.

No se atrevía a soltar el aire que se intoxicaba adentro de ella.

Habría querido tomar una siesta, pero debía mantenerse alerta. Ana no paraba de hablar, decía quién sabe cuántas cosas, enlistaba sabores, alimentos del pasado y del futuro. Ella no atendía. Solamente tenía ganas de dormir, de derretirse, de volverse una sola con el mundo, un armazón de huesos secos.

La energía apenas le alcanzaba para escuchar, no para entender. Pero a Ana nada la irritaba tanto como sentir que no se le estaba poniendo atención. Era como negar la existencia del sol. Se lanzaba en su contra y la provocaba, picándola en las intercostales.

Déjate, bien que te gusta.

Ella metía el ombligo y echaba gas. Su propia digestión la traicionaba. Bebito pedorro. Se tragaba sus eructos.

Le hubieras pedido un digestivo.

¿A quién?

A tu abuela. No, mejor un hechizo para bajar de peso.

Ella se sentía monstruosa, descomunal, un toro bípedo de lidia. Imaginaba que el colchón se hundía hasta tocar el suelo.

Mira esas lonjas, de aquí salen dos taquitos.

Y, cuando por fin se cansaba, Ana le daba la espalda.

A ella se le llenaban los ojos de agua.

Voltea.

Ana no cedía.

Ella abría los labios para enseñar los dientes, derrotada y dócil.

Mira, mira, me estoy riendo.

Ana se giraba para verla por última vez antes de apagar la luz.

Pareces un chango.

Ya estaba subida en el monociclo.

La báscula del baño la vigila con su ojo centinela. Ella lleva la mirada a otro lado, a los números de la pared que ahora le parecen mensajes de una prisión.

Piensa en una trampa para conejos.

Dibuja cinco palitos, los días que lleva sin comer. ¿Seis? Ha perdido la cuenta.

La sangre de las conejas, del color del vino y muy viscosa, goteaba desde la balanza y olía a lo que habita al fondo del fregadero. Por más que la abuela se tallara las uñas con la escobeta, el agua seguía saliendo roja.

Imagina que desciende a toda velocidad. El viento golpeándole el rostro es una sensación agradable.

Abre los ojos. Descubre que no se ha movido.

Aprieta su abdomen distendido, lleno de gas y agua, no quiere verlo, lo conoce, lo ha visto mil veces con los ojos de la cara y con los ojos que hay en el interior de su cabeza, esos que nunca duermen.

No estás panzona por el agua, sino porque no sabes respirar.

Muerde su pelo.

Las voces insisten.

Déjate, pareces lombricienta.

Esto es atender a las voces: confiar en ellas más que en sus propios sentidos.

Con frecuencia sus recuerdos avanzan como si alguien más los estuviera contando, sobre todo aquellos en los que aparece Ana.

¿Quién era ella a su lado?

¿En verdad llegó a ser esa persona que cantaba en la regadera, que se cortaba las uñas al ras, que se rasuraba el vello y usaba hilo dental?

Te despiojé, changuita.

El contacto de sus pies con el vidrio de la báscula la hace tiritar.

Ana fue tomando posesión de su cuerpo. Cuando ella se dio cuenta, lo había invadido por completo.

Si se concentra lo suficiente, todavía puede sentirla a su lado. Están acostadas en el piso, rodeadas de cáscaras de naranja, un ser de ocho extremidades. Ana la recorre con dedos fríos, ensuciándola por fuera y por dentro.

Recuerda una melodía distorsionada y metálica que tunde a todo volumen. Ella es chica y está en uno de los bares del puerto. Una voz rasposa emerge de las bocinas. En las esquinas del techo, varias pantallas muestran ombligos y nalgas bronceadas y deslumbrantes.

De reversa, mami.

Ella era insignificante. Nadie notaba el hervidero que traía adentro. Nadie la veía restregarse contra el asiento. En el baño, sus calzones olían a peces muertos, seres de agua dulce.

Pero el agua nunca es dulce, se percibe así en comparación con la del mar.

La voz de Ana la regresa a otro tiempo.

¿Tienes ganas?

Las canciones de los bares hablaban de besos, nalgadas, mordidas y apretar la carne hasta exprimir sus jugos.

Ana le convidaba de sus sabores.

¿Se te antoja?

Usando el mismo tono de cuando le regalaba postres.

Te va a gustar, yo sé lo que te digo.

Ella se acercaba despacito. Oliendo. Investigando con la punta de la lengua, como cuando se prueba un alimento por primera vez.

Al poco rato ya estaba sumergida en la pulpa.

Ana alargaba los brazos. Uno para tocarse a sí misma. El otro, para tocarla a ella.

Estás empapada.

A su abuela todo aquello le habría parecido obsceno.

Ella sentía como si el mar se incendiara.

Ana tomaba su cabeza con las dos manos, apretándola.

A punto de ebullición, ella sentía cómo le faltaba el oxígeno. Boqueaba, fatigada y rendida, y al mismo tiempo dispuesta a seguir nadando para siempre.

Toma aire, que va la segunda vuelta.

Chamaca, ¿no te da pena?

¿En serio nunca habías comido?

Comer sin comer realmente, como chupar limón, como masticar hielo, como masticar cualquier cosa. No. No es nada de eso. Es algo completamente distinto. No importa. Esos son sabores que ya no existen, que pertenecen al mundo del recuerdo. O tal vez nunca existieron. Tal vez el hambre sea el único alimento.

Los desvelos comenzaron a complicarle el trabajo. Confundía las mesas, devolvía mal los cambios. Chantal la ayudaba a cubrir sus errores.

Atenta, la mesa tres se encamotó. No han pagado. Cht. Abusada. Van a querer factura.

Las muchachas nocturnas le decían que se veía cambiada, como con más chispa.

Chiquita, pero picosa, ¿a que sí?

Ella sonreía en secreto.

Quién la viera.

En secreto, pero todas se daban cuenta.

Ese pelazo no te lo deja ningún champú.

Le había regalado su cuerpo a Ana para que hiciera lo que quisiera. Lo primero que Ana hizo fue mejorarla. Olores. Texturas. Sabores.

Ponte esta crema tonificante para que huelas rico.

Ella se quedaba oliendo a Ana.

No exactamente, porque por más que Ana se embadurnara para ocultar su verdadera esencia, el aroma más embriagante era el que escondía entre las piernas, medio lácteo, medio submarino.

Si Ana no vuelve, ¿qué hará con esta versión más perfumada de sí misma?

Sentía la panza y las nalgas calientes todo el tiempo, incluso en la calle, y estaba segura de que se le notaba.

Chantal hacía como que quería decirle algo y a la mera hora se arrepentía.

Oye...

Ella abría los ojos para hacerle saber que también tenía abiertos los oídos.

No, nada.

Le servía flan, pero ya no insistía en compartir una rebanada.

Mejor cada quien la suya.

Sentadas frente a frente, ella ganaba tiempo rumiando bocados minúsculos.

¿Qué tanto haces?

A Chantal, también, el azúcar le soltaba la lengua.

Come, estás muy descolorida.

Ella bloqueaba el sonido de la frase, como si un tren estuviera pasando en ese instante, un ejército de vacas repicando un millón de cencerros.

Chantal le preguntaba si tenía algún trastorno alimentario, había leído en revistas que las niñas de ahora se atiborraban de pastillas para adelgazar.

¿Tú le haces a eso?

No, yo no.

¿Entonces por qué tan flaca?

Ella congelaba su cara para no demostrar emociones. No quería que se le notara que, adentro, estaba exultante, plena, orgullosa de un trabajo bien realizado.

Flaca.

Tan flaca.

Chantal improvisaba una sonrisa.

Ya, dime, ¿te tienen a dieta?

Ella percibía la rigidez de su propio gesto. Comenzaba a petrificarse. Una estatua. Una estatua flaquísima. Un esqueleto al que chuparle los cartílagos.

No te creas.

¿Qué?

Te estoy vacilando, no seas fresa. Tan solo es que me da sentimiento.

No acostumbraba pesarse. Habían pasado muchos años desde la época en la que acompañaba a su abuela a consulta. Largas, larguísimas horas en la clínica, esperando a que la única doctora del pueblo despachara las urgencias del día: heridos de machete, parturientas, niños descalabrados, accidentes de la autopista y todo lo relacionado con las nuevas violencias.

La sala de espera, con su ventilador de techo y una televisión empotrada, le recordaba a los bares del puerto.

La abuela ladeaba la cabeza como un ave suavizando sus plumas.

Un coyotito.

Tardaban tanto en pasar al consultorio, que para ese momento ella jadeaba, harta y acalorada, con la boca casi blanca. La doctora le preguntaba si también estaba enferma.

Esta niña no está saludable, decía, apuntándola con una lámpara.

La abuela rechazaba los diagnósticos.

Está engentada.

Es arisca.

Anda en sus días.

La doctora insistía en tomarle la presión y examinarla. Le alzaba el labio superior como se mide el colmillo de un animal. Recetaba suplementos de hierro y aceite de pescado.

Cuarenta kilos es muy poco.

La abuela la observaba de arriba abajo, tanteando los huesos que se le marcaban en la ropa y que la hacían parecer un jengibre.

¿Muy poco para qué?

La abuela todavía no tenía los dedos al revés.

Ana tocaba esas mismas protuberancias, supuestos defectos, y las volvía valiosas. Recorría sus pechos con las palmas extendidas como palpando el relieve de la tierra.

Cuarenta kilos, qué hermoso.

Había tardado años, pero con Ana por primera vez se sentía entre las suyas, en esa cofradía exclusiva de adictas a la levedad.

Inhala.

Bajo la regadera, era otra vez y para siempre verano. Volvía la fascinación con los huracanes y con la inminente destrucción del mundo. Un bombardeo: las palmeras del Pajaral tirando cocos que emprendían la huida hacia el mar. Ana y ella chapoteando sin tocar el fondo del estanque, dos chiquitas a las que no les ha bajado la regla, castillos de arena para cangrejos. Que se desborden los ríos, que se inunden todos los baños. Aquí hay dos que saben cómo flotar.

Exhala.

Cuéntame de los dedos de tambor.

Los llamaban de tambor, pero más parecían cucharas puestas de cabeza. Eran así, cóncavas como pétalos de capote.

A los capotes, su abuela los llamaba geranios.

Tal vez fuera la casera quien los llamara geranios y su abuela, capotes.

Se le está olvidando la abuela, de tanto pensarla.

Al principio creía que nunca llegaría a olvidar a su abuela, pero esto fue antes de Ana, antes de fijar su atención en el mundo verdadero. En el que a ella le parecía verdadero. El recuerdo de su abuela se fue diluyendo conforme las historias en voz alta ocuparon el lugar de las imágenes silenciosas. Al final todo se volvió un batidillo de hechos mezclados con invenciones, lo único que actualmente puede tomar como realidad.

Ahora recuerda que, a veces, la voz de la casera le provocaba un espasmo.

Lo ajeno, si resuena familiar, da miedo.

Su abuela se materializaba en una desconocida que le ofrecía alimento.

Durante sus primeras semanas en la ciudad, los rumores fueron emergiendo por contraste, ausencia y presencia: el motor del refrigerador al apagarse y las convulsas trepidaciones de la cañería en las madrugadas, en ese limbo que no es noche ni día, cuando el vapor ablanda los cuerpos y los niños se visten entre tinieblas.

Cria tu ratei celi cua do depla ta no.

Cuando el mundo de afuera tocó a la puerta, ella supo que por fin lograría despoblar su cabeza de escombros. Creyó que se limpiaría de pasados, pero lo que ocurrió fue que se integraron.

Lo familiar también puede parecer ajeno.

La voz de Ana ahora invade la cocina.

Las personas solitarias, hay una razón por la cual están solas.

Pero la casera no estaba sola.

¿Y ellas?

Ana, un discreto chipi chipi. Ella, en cambio, un aguacero que presagia el fin del mundo. Al juntarse, agitaban las olas. Hacían azotar las ventanas.

Una primero, la otra después.

¿Se te antoja?

¿A ti?

A mí siempre se me antoja.

Ella cerraba los ojos pero era como si los abriera por dentro. Ana la pellizcaba, le mordía las nalgas. Sus cuerpos, elásticos, se zarandeaban.

Dando y dando.

Pajarito volando.

Abuela, no.

Ella perdía la concentración, se aturdía, sus pensamientos se enredaban.

La marea, otro fenómeno inevitable.

Tal vez, si se esforzara lo suficiente, la abuela regresaría por donde había venido.

Chamaca, ¿qué cochinadas son esas?

Pero sería como una segunda muerte, y ella no quería eso.

A lo lejos, la casera conversa con el viento, que le dificulta la labor de barrer.

Ella evita el cruce de miradas, los puntos plateados han reaparecido en su visión periférica.

La casera se acerca sin soltar la escoba y quitándose el pelo de la cara.

Criatura, ¿estás bien?

Ha abandonado su tradicional cantadito, señal de que está preocupada.

No fuiste a trabajar.

¿Qué horas serán? ¿Las seis de la tarde? Algo debe estar equivocado. Siente dolor en las sienes, una mano gigante aprieta su cráneo como a un balón de basquetbol. ¿Serán los dedos de su abuela, buenos para las sobadas y para asustar a los chiquillos? Piensa en uñas expandidas y planas como monedas de diez centavos.

¿No ha venido?

Alguna de las dos pregunta. El viento arrecia.

Viento metiche y ladino, como todos los hombres.

Usted a lo suyo.

No sea chismosa.

Las voces, que usualmente discuten, se encontentan de pronto. Son perras que cierran filas ante una presencia extraña.

Debería agradecer la carlota, pero no puede; las palabras se apelotonan en su garganta. Debería devolver el refractario, puesto a secar en el fregadero.

¿Ya comiste?

La casera estira el brazo para tocar su hombro y ella se repliega en un acto reflejo, como una lengua al contacto con el limón.

Criatura, te veo muy desmejorada.

Antes de alejarse de nuevo, la casera arranca algunos pétalos del capote o del geranio.

La casera evitaba pronunciar sus nombres, no las veía como personas autónomas sino como una entidad de dos cabezas. Ella había llegado a la casa antes que Ana, sin embargo, esos días parecían estar borrados.

Niñas, vengan a ver la luna.

Si van a la tienda tengan cuidado.

Vengan, que preparo de cenar.

Pero sus nombres, nunca.

¿Por qué cambiamos las palabras? Ahorraríamos tiempo si usáramos menos. Su abuela cazaba palomas, pero al cocinarlas las llamaba pichones.

No es lo mismo sentirse débil que cansada.

Hambre y sed son diferentes, aunque para fines prácticos son iguales.

No es lo mismo morir que desaparecer. Vivir sola, rodeada de fantasmas.

Una tarde, al volver del trabajo, encontró un alboroto de luces y voces. La casera festejaba su cumpleaños con Ana.

Pásate, criatura.

Era la primera vez que entraba a la casa grande. Durante todas esas semanas, lo único que había logrado ver desde afuera habían sido las cortinas de la cocina, con diseño de aves, y la lámpara del techo que se prendía y apagaba en horario fijo.

Ana le indicó dónde sentarse. Había comprado un pastel de merengue blanco con ralladura de coco en la cima, como un volcán nevado.

No la sorprendió que se comportaran como viejas amigas. Incluso, lo encontró natural, pues tenían un cierto aire de familia, aun cuando realmente no se parecieran en nada. La casera era pequeña y carecía de huesos. A Ana le sobraban. Sin embargo, había algo. Tal vez su forma de moverse por el mundo, holgada, resueltamente, como la gente que nunca ha llevado mucho peso en su mochila.

A veces, ella se preguntaba cómo habría sido Ana de niña. Y cómo sería de vieja, cuando se arrugara y se le cayeran los dientes.

Sus besos adquirirían el sabor del hierro.

Chamaca, qué preguntas son esas.

Le habría gustado verla.

Ana repartió pedazos de pastel. No pronunciaron palabra, pero ella sabía que estaban pensando lo mismo: trescientas calorías, tal vez cuatrocientas.

La casera, de tan contenta, entrelazaba las manos frente al pecho. Parecía que estaba implorando. Tenía puesto su acostumbrado chaleco y una diadema que la hacía parecer una adolescente envejecida.

Ana se dirigió a la cocina a buscar otra seltzer. La casera la siguió de cerca, como temiendo que se extraviara de camino al refrigerador.

Mientras tanto, ella aprovechó ese instante para escabullirse al baño con la boca llena de alimento. Esa sería la primera vez que escupiría en algún lugar fuera de su casa. No estaba segura de que el hábito de la regurgitación fuera tan grave como provocarse el vómito, pero de cualquier modo era un secreto, como lo es toda expulsión por los orificios del cuerpo.

En el baño había crema para las manos, pañuelos faciales y popurrí de pétalos secos. Era un lugar pensado para visitas, pero ella nunca había visto que la casera recibiera alguna.

Salió del baño con las manos oliendo a lavanda.

Ana la esperaba afuera.

Me voy a tardar, dijo, como si se lo estuviera diciendo al espejo.

Ella se quedó a solas con la casera, rellenando los minutos con anécdotas sobre los gatos. Le contó los nombres que Ana había elegido para ellos.

Chivo, Viejo, Monseñor y Margarita.

Qué niñas estas.

La casera sonrió con la boca llena de pastel.

Cuando la conversación se agotó definitivamente, ella hizo lo que mejor sabía: escaparse. Recogió los platos, los lavó y los dejó escurriendo sobre un trapo seco, pues el fregadero estaba lleno y ella desconocía el acomodo de la cocina. La casera se servía otra rebanada y canturreaba algo que ella no entendió.

Desde la ventana de esa cocina, la luz interior de su casita la hacía parecer demasiado teatral, levantada de la noche a la mañana y que también podría desaparecer en un pestañeo. Un escaparate, en el cual ella sería la maniquí, condenada a la vigilia perpetua, y Ana la vendedora que acintura su vestido con alfileres.

La comida regulaba sus estados de ánimo y pautaba la mayoría de sus pensamientos. Si estaban llenas, la culpa era inaguantable. Se prometían no volver a comer. Pero en cuanto se vaciaban, iniciaban los preparativos de la comida del día siguiente. El estómago era agenda y calendario, indicaba el momento de levantarse de la cama y de volver a meterse.

El hambre confunde los tiempos. Pasado y futuro se superponen. Durante el desayuno recordaban la cena del día anterior y en el almuerzo fantaseaban con la merienda. Y durante las horas muertas del fin de semana se abandonaban a la nostalgia de platillos antiguos.

Tamales de chaya. No. Tamales de cerdo en salsa de tomate verde.

Ana la corregía:

Acá le decimos tomatillo.

Huevos en salsa de chile seco.

Pero dilo así como tú lo dices, chileseco, chileseco.

Chile ancho.

Chilyancho, chilyancho.

Con el tiempo, las comidas imaginarias les ganaron terreno a las verdaderas. En el mundo material, la microingesta se volvió lo único permitido, las mantenía revolucionadas, como tráilers que nunca se detienen, ida y vuelta, carga y descarga. Sus cuerpos no tenían descanso y ellas sentían que adquirían superpoderes.

La repetición era una forma de la alegría. Recrear la misma historia hasta que alcanzara la perfección. Un abrazo, repetido con cierta frecuencia, parece el mismo abrazo infinito. Mil follajes superpuestos. Una fruta que se conoció de antes.

Una chirimoya, como un dinosaurio hecho espuma.

Las estaciones también dan alegría por su cualidad de predecir el futuro.

Ya viene la temporada de mandarinas.

Un murmullo hace eco en los pasillos de su memoria.

Alguna vez fuiste feliz.

Pero la felicidad no existe, solamente existe el recuerdo.

¿Qué fue primero: el huevo o la gallina?

Se cansó de cerrar los ojos y de taparse los oídos como una niña. Permitió que las voces se empalmaran y así fueron aumentando su volumen.

Hasta su casa llegan olores provenientes de la casa grande. Comino, laurel y otras especias que ella asocia con la ciudad. De su pueblo tan solo recuerda los ajos, el epazote, el acuyo y los chiles.

Imagina a la casera avivando el humo con un abanico de palma, como hacía su abuela en el fogón.

Ahora que lo piensa, en su casa tenían estufa. Entonces ¿por qué cada vez que piensa en su abuela la recuerda frente a un fogón?

Qué fogón ni qué ocho cuartos.

Los aromas alborotan su panza vacía. Palpa su tórax para recordar que todos los sacrificios valen la pena. Piensa en una botella de Fanta, de esas que se rascan con una moneda. Piensa en una marimba. Se sumerge en la cacerola de su abuela, cabeza de buey, cabeza de burro, y los puntitos de su visión periférica borbotean.

Ojalá no se hubiera comido toda la carlota. En este momento le gustaría saborear un bocado agridulce. Ralladura de limón, pastizal para vacas diminutas.

Esa maldita costumbre suya de acabarse todo.

Busca su bote para enjuagar las salivaciones.

Tienes que ser más inteligente, tontita.

Si Ana no regresa, comenzará a olvidarla. Incorporará su voz al coro y de esta manera logrará orientarse.

Te extraño.

Eso dices.

No he comido desde hace días.

Con razón estás tan linda.

Ya ni siquiera tengo hambre.

Cuéntame otra vez esa historia.

Después de algunos días sin comer, el cuerpo deja de necesitar alimento. Se siente como llegar a la cima de una montaña y desde ahí deslizarse.

Tras lomita todo es bajada.

El ciclo se reinicia a deshoras. Es un eclipse solar. Es la mañana de verano en que los árboles del Pajaral se llenaron de murciélagos. Cuando el sol salió de nuevo, el mundo había quedado distinto.

Distinto, ¿cómo?

Distinto, nomás.

Su abuela decía que ella era mitad vegetal porque se movía poco y muy lentamente y porque pasaba días enteros sin ingerir más que agua. Ana decía que el cuerpo se come a sí mismo para autorregularse, quemando todo lo que sobra.

Que quede solo lo esencial.

¿Qué es lo esencial?

Toda ella es un excedente, materia que emite ruidos que nadie escucha.

Los pájaros de río tienen dos horarios, matutino y vespertino. Igual que las empleadas de un restaurante. Ahora ella ya no tiene ninguno, pues ha dejado de ir a trabajar. A partir de ahora el proceso será más sencillo y liviano.

La fonda era territorio neutro, con reglas claras y protocolos bien establecidos: sopa en vez de crema y verduras en lugar de pasta. Lo único prohibido era el postre. Ana decía que lo que ahí ofrecían, chocolates de manteca vegetal y gelatina de caja, no servía ni para vomitarlo después.

La regla era: si nos vamos a meter algo a la boca, tiene que valer la pena.

Chamaca remilgosa esta.

No comas todo con cuchara.

Un día sirvieron palanquetas de cacahuate. Ana estaba a punto de rechazarlas, como siempre, pero ella la detuvo, con las salivaciones irrigando sus molares.

¿Las has probado?

Ana negó con el dedo.

Por fin. Algo que ella conocía y Ana no.

Según tú, ¿valen la pena?

Yo creo que sí.

Ana aceptó el reto y comenzó a desenvolver el dulce con las mismas yemas con las que armaba cigarros.

A ver si es cierto.

Parecía que deshojaba una margarita de celofán.

Mordida.

Mordida.

El azúcar las empujó fuera del tiempo y de las leyes de gravedad; se encontraron en el magma narcótico provocado por el caramelo.

Sí me gustó.

Los ojos de Ana se achisparon. Si no hubiera tenido la boca llena, habría sonreído con todo y encías.

Pies para qué los quiero si tengo azúcar para volar.

De pronto, una sacudida las devolvió a la Tierra.

Ana se cubrió la boca con la mano, como conteniendo una arcada.

Ella tragó el bocado.

¿Qué pasó?

Cro qua e me rom piu ahuea.

Ana escupió en una servilleta. Ella sabía cuánto detestaba ese hábito.

A mueha.

Se la entregó en la mano.

¿Se te rompió una muela?

Ana fue al baño y se tardó lo que a ella le parecieron horas. La muela, mientras tanto, brillaba entre el alimento como una pepita de oro.

Todas las sangres huelen igual, pensó, envolviendo la pepita en una servilleta.

Pensó en el canturreo de la casera. Pensó en su abuela.

La mesera intentó levantar los trastes, pero ella se lo impidió. A escondidas, se metió a la boca lo que quedaba de palanqueta. Masticó rápido, rápido, triturando con todos los dientes. Al final escupió en otra servilleta, que escondió debajo de un plato.

Ana volvió del baño y se sentó. No dejaba de tocarse la cara. Ella se sintió inquieta.

¿Ya te conté cómo me tiraba los dientes mi abuela?

Chamaca, cierra la boca que hay moscas.

Ana la miró como si hablaran idiomas distintos. Pidió la cuenta.

¿Te duele?

No, pero ya me quiero ir.

La mesera se acercó a la mesa. Ella hizo como que la ayudaba a apilar platos, disimulando que escondía un cochinero.

Ana se levantó. Ella hizo lo mismo.

Me voy a mi casa, dijo Ana.

A su casa.

Pero para ese entonces ya vivían juntas, o eso pensaba ella. Ana tenía su propia llave, la casera las saludaba en conjunto, en el baño había un montón de productos de belleza, la coladera se tapaba con puros pelos amarillos. Ella, incluso, ya se había adaptado a dormir con la puerta cerrada.

¿A tu casa?

Sí.

Su dicción había vuelto a la normalidad.

A su casa, ¿dónde? ¿En qué barrio vivía? ¿Quién era esta persona?

A su mundo, al cual ella jamás pertenecería pues ni siquiera era capaz de imaginarlo.

Recordó el tesoro que había guardado y desenvolvió la servilleta como un origami.

¿Quieres ver tu muela?

No. No seas asquerosa.

Parece un elote.

Ana no la escuchó. Salió del negocio como si saliera del fondo del mar, inhalando hondo.

Ella se quedó sentada, evitando a la mesera, que la acechaba. Las animalas, aunque no se hayan visto nunca, reconocen si son de la misma especie.

Colocó el dinero exacto y se fue sin dejar propina.

Al llegar a su casa enterró la servilleta en una maceta como había aprendido de su abuela.

¿De dónde sacas tanta tontera? Lo de las animalas ni siquiera es cierto.

Aquella noche, las voces la embistieron y no la dejaron dormir.

Ya ni la amuelas.

Enterrado y olvidado, tu ombligo.

Ana regresó al día siguiente y no volvieron a mencionar el tema.

¿Cómo va la canción de la gallinita ciega?

Aquí te espero, poniendo un huevo.

Soñaba que se ahogaba en el mar.

Antes, cuando aún menstruaba, el olor metálico le recordaba los días de sacrificio. Creía escuchar chillidos de conejos y tijeretazos rebanando la carne. Sentía que su abuela la abrazaba, chimuela y calva.

Una noche abrió los ojos y descubrió que era Ana.

Estás como poseída, dices palabras que no existen.

Luego la menstruación cesó y, con ella, las pesadillas de sangre. En su lugar quedaron las del agua.

Su lengua, pesada y muerta, es una libra de carne que azota contra la tabla de corte. Los olores provenientes de la casa grande le provocan salivaciones. Imagina que sus tejidos se habrán ablandado y que sus encías estarán rojas, pero no quiere mirarse al espejo.

De niña, su abuela no esperaba a que los dientes de leche se cayeran solos. En cuanto notaba el movimiento de su paladar, la mandaba traer con un chasquido de dedos.

Hazte acá.

Ella disfrutaba empujar el diente con la lengua, la incipiente herida sabía a hígado con sal.

Cuidado, chamaca, que el gusto a sangre no se quita.

La abuela calentaba agua en el pocillo y remojaba la punta de su delantal. Colocaba la mano en su cuello, como si quisiera ahorcarla.

Flojita y cooperando.

Ella pensaba en las gallinas que aterrorizaba de noche.

Con la otra mano enfundada en el delantal, la abuela jalaba hasta arrancarle el diente. Lo enjuagaba en el mismo pocillo y al final lo enterraba junto al guayabo. Terminada la operación, volvía de inmediato a sus quehaceres, a colgar bolsas de agua en los árboles, por los mosquitos, o brasieres y calzones si le habían encargado algún trabajo.

Recuerda a su abuela trepada en los follajes. También recuerda que, en cuanto ella estuvo grande, la abuela le delegó los árboles más altos: el zapote, el huanacaxtle y con el tiempo hasta el guayabo.

En su memoria, algunas actividades hoy parecen carentes de lógica, como sembrar el huerto de botellas partidas por la mitad. La abuela habitaba una suerte de universo alterno, igual que ahora. Ella se daba cuenta, pero preguntaba muy poco, era demasiado obediente, sigilosa como una lancha de vela.

Camarón que se lo lleva la corriente.

La voz de su abuela se confunde con el viento entre las frondas, pobladas de bolsas, ropa y calabazas silvestres. En la época de nortes, todo aquello rodaba hasta el canalón.

El año del dengue, el pueblo se llenó de brigadistas que se metieron hasta las rancherías más recónditas.

Otra plaga.

Campaña de descacharrización.

Ya nos cayó el chahuistle.

Millones de plagas.

Los brigadistas le pidieron a la abuela que tirara su reguerío de botellas. Ella los arremedó, escupiendo al suelo.

Descacharichachón.

¿Qué plantas brotarían en el punto exacto donde cayó su sangre?

La abuela murió, pero ella siguió subiéndose a los árboles aun cuando ya no hubiera bolsas ni brasieres para colgar.

¿Cuántos años tienes ya, criatura?

¿No sabes, abuela?

En la noche sin luna, inmóvil como una perra entrenada, observa tras la ventana del fregadero y cree distinguir a la casera que cruza el zaguán en su dirección.

Le parece que el aroma a especias se hace más fuerte, pero esta percepción tiene que estar errada. Es posible que el hambre le esté nublando el entendimiento.

Tres toquidos suaves en la puerta.

Ella no mueve un músculo.

Criatura, ¿ya te dormiste?

La casera se asoma a la ventana. ¿Podrá verla desde afuera con las luces apagadas? Un combate entre dos ciegas. Imagina que dejará una marca de grasa en el vidrio.

El estómago se rebela con gruñidos y retortijones. Alguien exprime sus vísceras como ropa recién lavada.

La casera vuelve a la casa grande. A oscuras, todavía de pie, ella busca el bote de agua con su mano tarántula. Lo vacía a grandes tragos. Hace tiempo que aprendió a convertir el hambre en sed.

El bebito habría tenido los ojos dorados y las uñas anaranjadas. Lo habrían puesto a dormir en hojas de lechuga, bebito dedos de zanahoria, y en las mañanas lo habrían bañado a lengüetazos como dos gatas.

Salado de sudor, ácido y tropical.

Bebito peludo.

Lanugo.

Ese va a ser tu nombre.

Chantal le preguntaba si el mar no estaba muy contaminado. Ella respondía con el mismo tono con el que convencía a los clientes de que la salsa no estaba demasiado picosa.

No tanto.

Pero sí estaba. Por eso la gente del puerto ya no acudía a las playas, tan solo los marinos y los turistas incautos, además de alguno que otro recogedor de corcholatas.

Eso no se lo decía a nadie. Prefería que todos pensaran que venía de un lugar paradisiaco. Que cuando se quedaba con la mirada en blanco era porque la había fijado en el horizonte.

Cómo le habría gustado que fuera cierto. Tener un paisaje para extrañar.

¿Te la pasabas en la playa?

Sí.

Por eso tu piel está tan bonita, por la sal.

Chantal tenía los dientes verdes, como la ova que emergía del río tras los dragados.

Yo solo he ido pocas veces, no sé nadar, ¿tú sí sabes?

Y es que, si el mar era una cochinada, también lo era el Pajaral: espeso, limoso, invadido de lirio acuático. Había dejado de desatascarse solo y las riadas ya no arrastraban los sedimentos como era debido.

Salte de ahí, chamaca, ¿qué tanto haces?

Sí.

El olor le provocaba náuseas que se convertían en ganas de llorar.

Cuando intentaba vomitar, Ana le soplaba en la nuca. Era una corriente de aire de presión ascendente. Pero no salía nada. Habría sido necesario dragar.

El dragado ocasionaba daños a mediano plazo.

Oye, ¿y sabes flotar de a muertito?

El ingenio descargaba agua contaminada en el río. Pero ni así dejaban de nacerle flores. Ahí andaba el Pajaral, el pobre, tristón, abatido, arrastrando su caudal, lo que quedaba de su caudal, por senderos ingratos y malolientes.

Algunas aves emigraron. Otras sobrevolaban desquiciadas, regurgitando alimento para crías que no eran suyas. Se robaban los huevos de aves semejantes y devolvían otros nuevos. Era todas contra todas. O tal vez todas a cargo de todas. No podía saberse.

En el mundo flotante no hay relojes, tan solo la percepción del instante. Antes, las necesidades del estómago marcaban las fases del día, el momento de vaciarlo o llenarlo de nuevo. Ahora ya no hay procesos o tal vez ocurran demasiados al mismo tiempo.

Desde que no come, orina más. Intenta vaciarse, pero siempre hay algo que permanece en el fondo. Inhala. Descubre que en su cuerpo no queda espacio para el aire. Expande el pecho como un ave buscando pleito.

Revueltas las aguas de su memoria, emergen las imágenes del sedimento. Su mamá amasa sus lonjas para subirse el cierre del vestido. Parece un chorizo. Adentro de la casa andaba en shorts, con la piel de los muslos ya un poco suelta y las nalgas estriadas, pero para salir a la calle era vanidosa: tacones altos, uñas pintadas. Pasaba largas temporadas fuera, luego volvía y se quedaba días enteros tumbada en la hamaca, en su ambigüedad fantasmagórica de estar sin estar. La abuela la miraba desde lejos sin atreverse a reclamar la hamaca, lo único realmente suyo.

Había escuchado en algún lado que el ratón le compraba sus dientes a las niñas, así que se pavoneaba con el desparpajo único de los ocho años. Exageraba las gesticulaciones, harta de que su mamá no se diera cuenta de que había algo raro en su cara.

¿Andas chimuela?

Empujaba la lengua para presumir el agujero entre sus dientes.

Abre la boca y di aaaa.

Aaaaa.

¿No me va a traer nada el ratón?

La abuela se entrometía antes de que su mamá respondiera.

Rabia, eso traen las ratas, rabia.

A la abuela no le gustaba la imaginación. Tampoco le gustaba gastar dinero.

De ese diente picado no sale ni para el tostón.

Ella lloraba de enojo, el único llanto que conocía hasta el momento, y se refugiaba en el pecho sudoroso de su mamá. Por encima de las dos mil pestes que traía del puerto, su mamá conservaba siempre el mismo aroma a jazmín.

No hagas caso a sus tonteras, mi amor.

Entonces, su mamá sacaba una moneda de alguna hendidura secreta de sus carnes y se la regalaba sin que la abuela se diera cuenta.

La golpea una ráfaga de viento fresco. Siente que sus músculos se despegan del hueso y este se pulveriza.

Recuerda que salía corriendo a comprar un hielito y ahí descubría que la moneda que su mamá le había dado no valía nada.

¿Qué es esta sensación que la ha sacudido de pronto? ¿Y cómo se quita?

En aquella época todavía les fiaban, así que ella terminaba con un hielito en la boca adolorida.

Tal vez ese recuerdo sea inventado. Los dientes no duelen por tanto tiempo.

Al volver de la tienda, su mamá y su abuela habían empezado una discusión que duraría toda la noche.

Esa niña es como un animal de monte.

Es niña, déjela ser niña.

El hielito sudaba, gordas gotas caían al suelo, el plástico recuperaba su transparencia.

Un ejército de hormigas en sus pies.

Cuando por fin se hacía silencio, entraba en la casa. La cabeza de su abuela, más vieja que nunca, parecía un cementerio de tuzas.

Durante la temporada de lluvias, el techo fue haciendo goteras. Ella colocaba cubetas en puntos estratégicos y luego las vaciaba en el baño, que para ese entonces ya era territorio de Ana, fumadero y vomitadero. Optó por no decirle nada a la casera, pues no estaba segura de quién era responsable de esos daños.

Ana caminaba con la frente y los hombros puntiagudos, fingiendo no ver las cubetas.

Ya casi no comían y su energía estaba muy disminuida. Ana devolvía todas las microingestas y ella se dedicaba solamente a tomar agua.

Las voces de su cabeza le pedían que no exagerara.

Tanta agua te va a empanzonar.

Vas a quedar como mula cargada.

Pensaba en su mamá, acostada y con una bolsa de agua caliente en el vientre para aplacar sus cólicos menstruales.

A Ana le dolía la garganta si tomaba demasiada agua. Entonces, ella tomaba por las dos, usando el bote de yogurt o directo de la llave como un becerro.

De tanto que bebía, de noche, le ganaban las ganas de orinar. Para no molestar a Ana, que ya prácticamente vivía en el baño, comenzó a usar las cubetas. Abría el chorro del fregadero para disimular los ruidos. La orina salía diáfana y burbujeante, como agua de piña, aunque de olor imperceptible.

Disfrutaba aquella travesura: orinar a escondidas y al mismo tiempo en total libertad.

Ana nunca se dio cuenta.

Tal vez sí, y no se lo dijo.

Pero se lo habría dicho, Ana nunca se guardaba nada.

¿Qué te pasa? Ana se lo guardaba todo.

No hay peor ciega.

Bueno, quién sabe.

Le parece distinguir las carcajadas de los gatos. Conforman una sociedad secreta donde cada quien hace lo que quiere. Le recuerdan a los clientes del restaurante: traileros, transportistas, ancianos todos, incluso los jóvenes, machos ferales de cuerpos rasguñados, con los asientos de sus camiones modelados al relieve de sus traseros.

A ambas especies, ella las conocía de antes. A los gatos y a los traileros. Ahora ha vuelto a encontrárselos, pero intenta no pensar demasiado en ello. Igual que una niña cierra los ojos para volverse invisible, ella clausura las ventanas de su mente para desaparecer las imágenes.

¿De dónde salen estas ideas?

Camina por el zaguán, descalza, y se detiene a la mitad. Voltea para ver su cocina que expide un brillo propio en la negrura.

Sí. Es posible ver lo que sucede adentro.

¿Qué habrá pensado la casera, al verla ahí, inerte, agazapada en penumbras?

¿Por qué le importa tanto?

También, ¿por qué tendría que ser de otra manera?

Le parece que su entendimiento comienza a hacer cortocircuito.

Percibe sus pies húmedos.

Imagina que su casita parpadea.

Una casa con fogón, llamas en medio de la noche.

Su mamá tenía una cicatriz que iba desde el plexo hasta el pubis, partiéndola en mitades. Al bañarse juntas, ella le pedía permiso para tocarla.

La mano jabonosa de su mamá guiaba sus dedos por esa cordillera púrpura y fibrosa.

¿Te duele tu cicatriz?

Con la espuma escurriendo, era como lavar zapotes negros.

Todas las cicatrices duelen.

Ella creía que la cicatriz era producto de una cesárea, y se sentía culpable, por más que su mamá insistiera en que ella le había nacido de parto natural.

Tal vez desde aquel entonces ya confiara en sus ideas más que en los hechos del mundo.

Fue la abuela quien le contó, alguna vez, que la cicatriz había sido producto de un ataque.

Una bestia que andaba suelta.

Siente una punzada en el vientre. Se lleva la mano al ombligo. Recuerda que los dedos de Ana también guiaban los suyos bajo el chorro del agua.

La abuela había parido a su mamá cuando ya rondaba los cuarenta años. Su mamá, en cambio, la había tenido a ella antes de los veinte. A menudo, la gente creía que la abuela era la madre de ambas, lo cual era un poco cierto pues se había encargado de su cuidado cuando su mamá no pudo cargarla ni alimentarla a causa de las heridas.

Yo no era vieja, me hice.

La rehabilitación de su mamá tardó meses y, cuando por fin volvió al trabajo, la abuela le reclamó lo mismo de siempre: que eso que hacía no era un trabajo.

Ella recuerda aquellas conversaciones.

O tal vez la abuela se las contó.

La bestia siguió suelta, no la enjaularon.

No era vieja, me hicieron.

La memoria se desliza suavemente, es un barquito tirando redes.

Los veranos en el pueblo eran ardientes como una sala de calderas. Para sobrevivirlos, ella se tiraba en el piso de la casa con la puerta abierta. Desnuda, inmóvil, un cadáver. La mosquitera se azotaba toda la tarde hasta que llegaba alguien y la cerraba.

No te espantas.

Alguien que enunciaba preguntas a manera de afirmación.

Hasta que no nos den un buen susto.

Su mamá, agitando los brazos como cuellos de guajolotes.

La abuela se burlaba del hábito de darle dos vueltas a la chapa oxidada, con esas uñas tan largas que no le permitían agarrar bien la llave y que hasta se le iban a quebrar, por payasa.

Quién se va a andar metiendo, para puras miserias.

El diente frontal de su abuela era como un remo solitario que entraba y salía del agua.

La abuela tenía razón. Vivían en el último trecho de las galeras, ¿quién se iba a meter? Los únicos que cruzaban por ahí eran los chivos de la finca de al lado. Esos pobres, que parecían perros de tan flacos, se pasaban el día chupando los guayabos hasta pelarlos; regresaban a su casa con los chipos escoriados.

Le decían finca porque el terreno era extenso y tenía su propio manantial. No era más que una casucha de tablas, parecida a la de ellas, pero con un corral para chivos y mulitas. A ella, esos le parecían los animales más inteligentes del mundo puesto que siempre se salían con la suya; si no querían caminar, no caminaban, y no había poder humano que los convenciera.

Su dueño se tumbaba a la siesta en el puente de la ciénaga, esperando a que volvieran.

A lo mejor no le importaba que se perdieran. Libertad y abandono se confunden.

Ana también encontraría su propio camino.

¿Cuánto tiempo lleva sentada? Los huesos de sus nalgas se clavan en su carne como estacas, la lastiman, sus tejidos no bastan para amortiguar su propio peso.

Recuerda los muslos de su mamá, desparramados costales de rafia, diques para las crecidas del río.

Está demasiado adolorida. Apaleada. Un animal revolcado por las olas.

Pídele a tu abuela una sobada.

No puedo.

Tras el episodio de la muela, Ana estrenó un emplaste de plata. Traía las encías más amarillas y se reía menos que nunca. No dejó de fumar, pero redujo su consumo de chicles, compró enjuague especial medicado y comenzó a usar un irrigador además del hilo.

La táctica era hacer gárgaras y buches varias veces al día.

La táctica era cargar sobrecitos de Splenda y Stevia.

Los dientes que comen azúcar se vuelven de azúcar.

La colección de cosméticos seguía aumentando. Ana decía que el cuidado de la piel era una forma de intimidad que implicaba mostrar las imperfecciones.

Más: mostrar su ocultamiento.

Cada detalle está cuidado para que parezca descuidado.

La maga revela el secreto de sus trucos. A la espectadora la maravilla la ingeniería que lo hace posible.

¿Amo el mundo cubierto por un velo o amo el velo?

Con todo y las cremas, la piel de Ana seguía llenándose de surcos, era una playa con barcas arrastradas.

Pasea su lengua por el paladar seco. Es como chupar una piedra.

Una gallina vieja que no hace caldo, su abuela.

Aquella vez, Ana no había tardado demasiado en volver. Ella la esperó, paciente, controlando la agitación de sus vísceras. La información que nunca se atrevió a preguntar ahora le sería útil.

¿A dónde fuiste? ¿De dónde vienes? ¿Por qué volviste? ¿Te vas a quedar?

Acostumbraba dormir con la puerta abierta, ese fue un hábito que replicó al llegar a la ciudad. Pero Ana cerró todo con seguro desde la primera noche que pasaron juntas.

¿Para qué cierras?

La mirada de Ana indicó que su pregunta no ameritaba una respuesta.

¿Quién se iba a meter? En la ciudad no había chivos y tampoco guayabos. La única persona que tenía acceso era la casera, que nunca se atrevería a entrar sin permiso.

Ni modo. Así eran las cosas con Ana, a puerta cerrada.

A puerta cerrada, el diablo retacha.

Con el tiempo, Ana comenzó a insistir en que compraran una cama.

Dormir en el piso es de animales.

¿Con barrotes no es como dormir en una jaula?

Ven acá, bestiecita.

Al final Ana siempre hacía lo que quería.

Imagínate todo lo que podemos hacer con los barrotes, cuánto nos podemos divertir.

Todavía se lo está imaginando.

Ana no compró la cama. Quién sabe si se habrá acostumbrado a dormir en el suelo. A lo mejor siempre creyó que el asunto entre ellas no iba a durar demasiado tiempo. Era lo más probable. Pronto volvería a dormir en una cama como dios manda, con cobertores de aromas delicados y un montón de comodidades.

A ella le habría gustado que durara para siempre. Ahora no sabe qué hacer con los hábitos que Ana le inculcó. La falta de horarios. La suspensión del hambre y el sueño.

Las noches de insomnio eran noches de fiesta. Atacaban el refrigerador, desnudas, voraces; engullían de pie, con urgencia, leonas en una sabana para dos. Ana bebía seltzers que le provocaban eructos. Las costillas les dolían de tanto comer y de tanto reírse.

Tenían que acostarse para recuperar el aire.

Al final se metían a bañar y se sacaban la mugre del ombligo.

Ven, que te quito las pulgas.

Jugaban a que las manos de una eran las de la otra.

Nadadoras del océano nocturno adentrándose en sus respectivas oscuridades.

Al día siguiente ella cabecearía en la combi, tomaría siestas en el baño del restaurante, confundiría pedidos, tropezaría en la banqueta. Pero valía la pena. Su cuerpo era una prenda acabada de estrenar.

Y estaba Chantal para ayudarla.

¿Tu domadora no te deja dormir?

A los pocos días, el insomnio atacaría de nuevo. Y otra vez, la fiesta.

Su cerebro era un motor de refrigerador, siempre encendido.

¿En qué momento se fundió?

Ana, Ana, creo que entiendo el idioma de las máquinas.

Estás bien loquita.

Durante el insomnio, Ana se despojaba de sus máscaras, pero tenía otras miles escondidas, capas infinitas bajo su piel de cebolla. La regadera era el lugar en el que a veces, tan solo a veces, su mirada se llenaba de angustia. Esa era toda la vulnerabilidad que se permitía.

En esos momentos, ella se preguntaba cuántas personas habrían sido testigos de aquel gesto prístino, primordial.

Pocas. Ninguna.

¿Habría sido ella la única?

Ella, que nunca había tenido nada, tenía esto: el destello de un cristal en la entraña de una caverna.

Comenzaron a pelear más seguido, sus cerebros aturdidos las volvían irritables.

Ana se llevaba un dedo anaranjado a la sien.

No se te entiende.

La uña estaba manchada por tanto comer naranjas. Y también por los chetos, que es como llamaban a las zanahorias bebés.

Habla bien.

Ana mataba las discusiones encendiendo un cigarro. Ese gesto indicaba: no voy a hablar más. Iba a la cocina y se mojaba la cara. Luego volvía con el bote de yogurt en la mano.

Toma.

Ese indicaba: tampoco quiero que tú hables.

Esperaban el amanecer en silencio. Tensas. Ella se sentía atrapada en la barriga de un instrumento de cuerdas.

Café con pan.

Café con pan.

La vibración del rasguido retumbaba en su cráneo.

Ana sangraba sus encías cada vez que se pasaba el hilo dental. Ella percibía el aroma de las heridas y su brillo.

Ana mostraba los dientes como una niña que sonríe por mandato.

¿Tengo rojo?

El aroma salado la seducía, era como la brisa del mar.

No.

Mentirle era su forma de quererla. Por el contrario, Ana le decía siempre la verdad.

Tienes sucio, mírate en el espejo.

Ella obedecía, acercando el rostro al vidrio con los labios ensanchados.

Pareces un chimpancé.

Le ofrecía de su enjuague medicado. Ya con las bocas bien limpias, comenzaba el ritual de los besos.

Ana la tocaba en la entrepierna con ganas de hacer un bebito.

Alguna vez Ana sacó el dedo y notó que tenía sangre. Olía. Frunció el ceño en desagrado, pero no detuvo el recorrido. Siguió deslizándose, tallándose en sus muslos, tallándola a ella en los suyos.

Pulpa de cerezas.

Enjuague para la gingivitis.

Jarabe para la tos.

Recuerda que su mamá fue la primera en avisarle que se había manchado la ropa.

Esta niña ya comenzó a sangrar.

La abuela pronosticó grandes catástrofes.

El gallo canta, el diablo avanza.

Ella elevaba la cadera.

¿Quieres?

Su cuerpo adquiría la tersura de la guanábana.

Pídelo.

Los anillos de Ana se marcaban en su carne.

Sí.

Pídelo por favor.

Guanábana que no es azucarada, sino helada, carnosa, espumosa, blanda.

Por favor.

Ana sondeaba con la lengua y lamía como si una nieve se derramara del vasito. La textura, sólida al inicio, iba cediendo en jugos dulces y acres. Luego se chupaba los dedos y contemplaba su mano extendida hasta elegir uno. De tin marín de do pingüé. Lo introducía, despacio, ondulante, como revolviendo caramelo. No quedaba ni un rastro sin probar. Prohibido desperdiciar una sola gota, que para las sedientas es elixir.

A medianoche la despertaban coletazos en las piernas. Era el cuerpo de Ana que se sacudía como mar en brama.

Ana.

Ana.

Le costaba trabajo despertarla.

Ana abría los ojos, rojizos y reventados, convencida de que estaba temblando. Decía que los edificios colapsaban entre nubes de polvo.

No puedo respirar.

Respira.

No puedo.

Ella encendía la luz para demostrarle que la ciudad estaba en calma, que las únicas temblando eran ellas.

Los ojos de Ana eran un cielo sangriento.

Me falta el aire.

Inhala.

Dame agua.

Ella la abrazaba mientras el mundo se limpiaba de escombros. Para espantarle el miedo, le hablaba de las tonterías de siempre, de la comida, el restaurante, Chantal y sus preguntas, el río, la infancia de palmeras despeinadas y un cielo sin obstáculos. Exageraba las historias de su abuela: sobadas, premoniciones, embrujos, destrucción.

Alguna noche, recuerda, llegó a contarle de su mamá. Pero Ana estaba tan atrapada que no escuchó su voz afuera del muro.

Ella sabe lo que es habitar un espacio demasiado estrecho: un pueblo al pie de un ingenio azucarero, la panza herida de una mujer de veinte años, una casa diminuta donde todo queda demasiado cerca de todo.

Se le estaba olvidando el Pajaral.

Después de un rato, Ana por fin volvía a dormirse. Ella se quedaba en vela, en coloquio con sus fantasmas.

También sabe lo que es habitar un cuerpo enjuto. Achicarse para caber en cualquier lado y no saber cómo quedarse en ninguno.

Así. No. Más arriba.

Ella, que no acostumbraba pedir nada y que lo poco que pedía lo pedía siempre por favor, se sorprendió trastocando la organización del mundo.

Ordenaba:

Ándale. Ahí merito.

Y era como tocar el corazón de una piña.

Ala madre.

Asu mecha.

Piña para la niña.

Abuela, ahorita no.

El cuerpo de Ana se endurecía. El suyo se tensaba en reflejo y le daban ganas de hacer pipí. Apuraba el movimiento, apretando a Ana contra sí, embarrándola de toda ella.

Al terminar, volvía a ser la misma de siempre. Se acercaba con ganas de un beso, como pidiendo un favor. Ana la dejaba esperando, prefería limpiarse primero.

Tengo la boca sucia, decía.

Así me gusta.

Era verdad. Ella disfrutaba saborearse a sí misma.

Ana accedía, burlona, con cara de que quería criticarla.

Te toca.

El brazo de Ana como una liana para aventarse un chapuzón.

Ana ya estaba empapada, el rostro igual que la entrepierna, y completamente abierta. ¿De dónde salía tanta humedad, si Ana estaba seca por dentro?

Dame un beso.

De eso pido mi limosna.

Abuela, te dije que no.

Ana le limpiaba la cara con las toallitas y se acercaba sin rozar los labios.

¿No te gusta cómo sabes?

Ahora ella era la burlona.

No.

Zanjaba la burla con una sola palabra.

No.

Ándale.

Que no.

No seas cochina.

Qué barbaridad, chamaca, ¿qué porquerías son esas?

Ha pasado la noche en el baño, batallando con los puntos plateados.

La orina, gaseosa y transparente, le recuerda a una seltzer. Sin aroma. Lo único que huele son los productos faciales que Ana se untaba con delicados golpecitos.

En un arrebato, agarra la crema más cara y se la esparce como si fuera merengue, usando tres dedos. La prueba con la lengua. El sabor no se corresponde con el olor. Hace buches para enjuagarse y considera la idea de comer.

No.

Recuerda el cuello de Ana, ajado en los pliegues. Una ciruela puesta al sol. Recuerda el maquillaje de su mamá, que cambiaba el tono de su piel y la agrietaba como una lámina de nata hirviendo.

Tiene hambre. El dolor de sus articulaciones aumenta. También tiene frío y sus dientes castañetean, se ha vuelto una perra que presiente peligros.

Antes de desplomarse en el colchón, se asegura de seguir sola, de que los fantasmas todavía no se hayan materializado.

Le gustaría que alguien viniera a poner orden y la obligara a levantarse de la cama. Pero cuando alguien vino, ella se quedó petrificada.

Piensa en los tacos de azúcar de su abuela, remojados en café soluble.

Ana irrumpe, presurosa, y se integra al coro de fantasmas.

Me encantan tus malos modales.

Ana, tengo hambre.

¿Va a valer la pena?

Si la casera vuelve a buscarla, ella le aceptará el alimento. Se comerá la carlota, ahora sí, en serio, beberá el licuado, completo, hasta el azúcar del fondo del vaso.

Palpa el relieve de sus costillas, infladas como pechugas de aves de corral. Tararea canciones en voz baja. Ella misma es un güiro, quijada de buey.

Ana decía que su tórax ensanchado tenía dos explicaciones.

Tienes el corazón demasiado grande.

Estás hecha de retazos, traes las partes que sobraron de otro lado.

Tomadas de la mano, ella y su mamá salían al entronque, las únicas a esas horas del amanecer. El viento sacudía los almendros, arrancaba sus hojas de cera. La cuneta olía a animal muerto, había que respirar por la boca para evitar las náuseas.

Su mamá llamaba la atención de los traileros agitando el brazo, carne fofa volando para todos lados. Las llantas derrapaban en el asfalto y los motores detenían la marcha, ronroneando. No importaba si manejaban camiones de redilas o camionetas de batea, si traían forrajes de caña brava o cargamentos de sosa cáustica. Para ellas todos eran traileros.

Los dedos se le dormían de tanto apretar la mano de su mamá, se le dificultaba abrir la portezuela del tráiler.

Qué chula, mi reina.

La reina de los pescados por la boca muere.

Al pensar en eso siente que le falta el oxígeno.

El conductor apoyaba la mano en el respaldo para hacer palanca y girar el torso. Dedos enormes, velludos, ramas cubiertas de musgo, liberaban espacio en el asiento trasero.

¿Traes a tu niña?

Le decían la niña porque no conocían su nombre. Algunos incluso se comportaban como si ella fuera invisible.

A lo mejor lo era. A lo mejor nunca estuvo en esos coches.

Oye, le decían.

Cht.

Tú.

Ella.

La abuela detestaba a los traileros. A los hombres en general. Habría preferido cualquier cosa, la privación, la amargura, el bochorno, caminar los treinta kilómetros que separaban el entronque del puerto, antes que pedirles favores a ellos.

En esta vida todo se paga y tú estás transando con el diablo.

Qué linda niña, se parece a su mamá.

Para su cumpleaños once, su mamá le compró un pastel y celebraron en uno de los bares; le dijo que las bocinas eran para festejarla a ella y que las marimbas tocaban sones en su honor.

Mi amor, toditito esto es para ti.

La despierta la voz de su abuela.

Cábulas y cuentos chinos.

En el recuerdo siempre son las seis de la mañana y su mamá no ha llegado.

Un día vas a tener una fiesta que te vas a ir de nalgas, mi amor.

Taquicardias.

Despierta, chamaca, ya es hora.

En estos días el problema no es la comida, sino la falta de organización. Necesita que alguien la gestione. Ana le decía cómo alimentarse y a qué hora dormir.

Los antebrazos deben sentirse como un aguacate en su punto.

La pelvis tiene que ser una mariposa de alas abiertas.

Resiente más el no poder dormir que el no comer. Es como estar borracha en una fiesta donde nadie más está bebiendo.

Andas jugando con fuego.

Pasado un tiempo, los ritmos de Ana y ella se desacompasaron. Una vivía de día y la otra de noche. La comida se volvió un astro que subía y bajaba las mareas. Ana funcionaba en ciclos de tres horas, era una polilla frenética dando topes contra una lámpara. Comía, vaciaba, comía, vaciaba. Ella, en cambio, se atascaba de fruta el lunes y no volvía a comer hasta el jueves. Pero su esqueleto pesaba demasiado y se desplomaba en siestas que eran como pequeñas muertes.

Piensa en ballenas varadas, vacas, marranos y otros animales gordos.

Tiene hambre. Tiene miedo. Ana ya no va a quererla.

Pero un animal echado es un cerro nuevo en el paisaje.

Camina y busca respuestas en la ventana igual que otras personas consultan el teléfono.

Ana.

¿Cuánto tiempo más aguantará la suspensión del tiempo? Necesita que Ana vuelva para soltar el aire y recuperar, por fin, el movimiento.

La abuela la llamaba totola porque caía dormida con facilidad. ¿Qué pensaría si la viera ahora, si la hubiera visto haraganeando en el baño del restaurante, usando su mochila de almohada, mientras afuera los clientes se acumulaban?

Chantal tocaba a la puerta.

Oye…

Su tono no indicaba molestia. Tampoco preocupación.

¿Qué haces ahí metida?

Ella cerraba ojos y boca, y así desaparecía.

¿Tas bien?

Curiosidad. Era simple y llana curiosidad.

¿Estás vomitando?

No.

¿Qué habría pensado la abuela?

Chamaca pachorruda.

Afuera del baño, Chantal la esperaba con más dudas.

¿Te metiste con todo y mochila?

Ana se burlaba de que usara mochila en vez de bolsa, como una niña. Pero, luego, cuando iban a la fonda, le pedía que cargara sus cigarros, toallitas, chicles y cepillo de dientes. No era demasiado peso, pero ella casi no tenía fuerzas. Las vértebras le punzaban y la piel de los hombros le ardía. Para equilibrar el peso, se colocaba la mochila al frente como panza de embarazada.

¿Bebito caminito de la escuela?

A Ana no le gustaba que los juegos de la casa salieran a la calle.

¿A poco sí fuiste a la escuela?

La casera toca su frente para despertarla. ¿Cómo entró?

Criatura, estás hirviendo.

¿Cuándo entró?

Ella ya había notado el calor, y ahora la casera también lo percibe. Intenta sonreír para tranquilizarla, pero el aire fresco destempla sus dientes. Alfileres en el cráneo. Entonces eso eran los puntos plateados: alfileres.

¿Qué hora es?

Es hora de desayunar.

La casera se adueña de la cocina mientras los fantasmas se amontonan. Ana, sentada en la mesa, espera a que alguien prepare huevos duros. La abuela arroja animales a una cacerola.

¿A qué horas son?

Su mamá se mira las uñas, pajareando. Se saca la masilla con el meñique y lo chupa. Luego se arranca un cabello largo, lo enreda en las yemas y lo utiliza como hilo dental.

¿Qué horas son?

El cielo está a medio clarear.

La casera sirve huevos en arroz. Olor a ajo, cebolla, tomate y zanahoria. Se ha convertido en su abuela, mirada que no mira, que recibe el vuelto sin contarlo.

Ella aprieta la cuchara como si agarrara el cepillo de dientes. El metal refleja el destello de los astros. ¿Podría cegarla, quemar sus retinas?

Hormigas achicharradas.

Las presencias se empalman y se atropellan.

A rroci tocon huevi to.

¿Comes todo con cuchara?

Noventa calorías por huevo. Más el arroz. Doscientas cincuenta.

Cabecea y su rostro casi toca el plato. La cuchara ahora es una espada clavada en la mesa.

Los huevos están intactos.

Dos ojos ven dos fuegos. La yema moja el arroz. Magma.

Criatura, tienes que comer.

Había dicho que lo intentaría, pero no puede. Ha olvidado cómo hacerlo, su estómago está clausurado.

No recuerda cuándo comenzó a masticar todo lo masticable. Las puntas rizadas de su pelo, el cuello de sus playeras, el empaque de los hielitos, el papel de baño y las hojas de estraza. Lo que sí recuerda es que, el día que empezaron a criar ganado en la finca, ella pensó que tenía mucho en común con las vacas.

Estos eran pensamientos que no había compartido con nadie. A Ana sí se los contó.

Las vacas comían tan despacio que aburrían. En eso eran mejores sus gallinas, tan hambreadas, pobrecitas, que devoraban todo en segundos y hasta se daban de picotazos.

La última inundación había podrido la puerta de la finca y su lugar ahora lo ocupaba una cortina por donde algunas madrugadas su mamá entraba a escondidas. Ella la observaba, trepada en lo alto del huanacaxtle. Mejor dicho, la adivinaba. Imaginaba sus dedos en gancho para cargar los zapatos. La mano libre planchándose la falda. El pelo a medio desanudar y los prendedores apuntando al cielo como antenas.

¿Tengo algo en los dientes, mi amor?

Un poquito de labial.

Desde arriba del árbol, inhalaba para llenarse del jazmín de su mamá. Luego brincaba y salía corriendo hasta su casa contando hasta cien. Iba tan rápido que sus pulmones se enfriaban y sentía que estaba a punto de escupir sangre igual que la abuela.

El diálogo era una invención.

El aroma era imaginado.

La sensación de frío era verdadera.

Exageraba las sensaciones que le regalaba a Ana. El tacto del pastizal recién llovido, los dedos de los pies abiertos en el lodazal, los grillos repiqueteando como teteras histéricas, infusiones de flor de azahar.

Le regalaba a su abuela, pero a su mamá se la escondía.

La abuela, colgada en la hamaca como un mango maduro, refunfuñaba al verla llegar de noche.

Duro y dale con el gallinero, te van a salir plumas.

Ella bebía agua antes de acostarse y se enjuagaba los pies con el mismo bote. La abuela la regañaba por lavárselos tan tarde.

Te vas a enfriar.

Ana decía que sus pies eran como pezuñitas, de tan sucios y negros, y que parecía niña chorreada.

Te voy a sacar a la calle a mendigar.

Ella le pedía que no le dijera esas cosas. Pero no se lo decía con palabras, sino con miradas, y Ana no se enteraba.

Te ponemos en una esquina y decimos que acabas de llegar de tu pueblo.

Ella alzaba un hombro para indicar: déjame.

Hacemos un letrero que diga que tienes hambre.

Alzaba los dos juntos: déjame, déjame en paz. Se encerraba en el baño, abría la regadera en lo más caliente y se metía a llorar bajo el chorro del agua. A veces se quedaba dormida después de bañarse y al despertar descubría que Ana le había puesto calcetines.

Te vas a enfermar.

Días más tarde, volvían a la misma dinámica.

¿Me da para un taco? Así tienes que decir.

Hombros arriba.

Pero pon tus ojos de borreguita. Beee.

Tiene los labios agrietados por la fiebre, babea compulsivamente y solo logra herirlos más. Ha vuelto a morder el interior de sus cachetes. Extraña la lengua de Ana, dulce en la punta y ácida atrás, fruta verde que va soltando almíbar. Se pregunta cuál será el aspecto de la suya. Blancuzca. Felina.

Contiene el impulso de preguntárselo a la casera.

No quiere oír la respuesta, ya la conoce.

Una gata con los pies de trapo y los ojos al revés.

La casera se acerca hasta apenas tocar sus manos, como cuidando la luz de una vela. Ella se estremece ante el contacto. Sabe que la refracción quema a los seres pequeños y confunde la mente de los débiles.

En esta cocina, la casera parece fuera de contexto. ¿Cómo puede ser, si de hecho es su propiedad?

Tiene sed. Lleva la mirada hacia el fregadero con la boca ligeramente abierta.

Criatura, no tomes agua sucia.

¿La casera adivinó su pensamiento?

¿Está adentro de su cabeza?

Hasta ahora la vigilancia había transcurrido en lados opuestos del cristal. La vida en la ciudad es así, un juego interminable de luces y espejos; a ella, la muralla industrial por la que cruzaba cada mañana le devolvía su propia sombra elástica.

Criatura, provechito.

La casera coloca una tortilla a un lado de los huevos, las yemas han empezado a cuajarse. Simula estar relajada, pero la delatan sus brazos, que no cuelgan del todo.

Pruébalo siquiera.

Ella piensa en un nudo marinero que, cuanto más flojo, más aprieta.

Está rico, te lo prometo.

Los puntitos de mercurio se agitan y se revuelven. Talla sus ojos con la parte de la mano con la que se prueba la salsa. Adivina su expresión feral por la reacción de la casera.

Ay, criatura.

Quiere comer y no puede. Puede comer y no quiere. No debe.

¿Usted sabe dónde está Ana?

Su voz es un resuello áspero.

La casera remueve la alacena en busca de agua embotellada. Ella aprovecha su aparente distracción para escaparse al baño, sacando fuerzas de quién sabe dónde.

Patitas pa qué las quiero.

¿A qué vas, si no has comido?

No va a explicarle que su oficio es filtrar agua, que las tuberías de la ciudad la proveen de todos los minerales que necesita.

Camina usando las manos para orientarse, errática, tambaleante. Una presa al acecho de una cazadora.

Ana.

Ana.

Ana, estoy atrapada, ¿tú dónde estás?

La abuela no era la única que colgaba objetos de los árboles. También su mamá colgaba calzones para anunciar sus servicios, los suyos de color rojo porque su trabajo era de otro tipo. A lo mejor no eran calzones, sino franelas o trapos de cocina. Tal vez nada de esto haya ocurrido, pero ella recuerda con nitidez las telas raídas en las frondas y el viento agitándolas.

Los traileros detenían la marcha atraídos por el carmín, ardientes, incendiados.

Respira en bloques cortos. Las palpitaciones se intensifican. ¿Cuántos días lleva acalorada y con la mandíbula hecha una roca?

Estaba segura de conocer los procesos de su cuerpo. Sin embargo, todavía quedan novedades. Lo que más la sorprende es seguirse sorprendiendo.

Ana y ella peleaban más cuando no habían comido, lo que significaba que peleaban todo el tiempo. Se volvían como las gallinas, neuróticas y vengativas, y se picaban mutuamente.

Nunca me cuentas de tu mamá.

Tú nunca me cuentas nada.

Ana había comprado un espejo de cuerpo entero y se enemistaba con la que vivía adentro.

Qué horror.

Posición de firmes. La panza metida. Pellizcaba y jalaba sus muslos como se retira la grasa del pollo.

Mira esto, ¿ya viste?

Ella no sabía qué contestarle. Donde Ana veía defectos, ella no veía nada. Y lo que veía no importaba. La columna vertebral de Ana, levemente arqueada, le recordaba a un caballito de mar.

Tú qué vas a saber.

Ana daba vueltas en su eje como un anaquel de pastelería.

A ella, la sola idea de pararse frente al espejo la avergonzaba, sentía que era como desperdiciarlo.

Ana la convencía de mirarse a sí misma. La obligaba a confrontarse.

No seas ranchera, no se te va a escapar el alma.

En el espejo cabían las dos. Era la casa la que comenzaba a quedarles pequeña.

Eres como un animal mitológico. Tu parte superior no se corresponde con la inferior.

Qué chiste tan finolis.

¿Quién dijo eso?

Las gallinas desarrollan el vicio de comer huevos.

Aumentaron los atracones.

Aumentaron las batallas frente al espejo.

Le costaba reconocer, en su propio cuerpo, esas caderas que ya había visto en otro lado.

Mamá.

El reflejo fue dejando de pertenecerle, como un vestido que le quedara grande.

Ana la aferraba al presente.

Deforme.

La obligaba a ponerse en guardia. Ana se odiaba a sí misma y quería que ella la odiara de igual manera.

Estás bien rara, en serio no sé por qué me gustas.

Ella se fue convenciendo de que ese espejo les devolvía imágenes demasiado anchas y chaparras que no se correspondían con el mundo real. Lo rompió y fingió que había sido un accidente.

Pero quedaba el espejo del baño, ese donde ahora se observa, meticulosa, científica.

Subraya el surco de sus ojeras. Chupa la sangre de sus encías.

Frijolita, era broma, sí sé por qué me gustas.

Camina rumbo a la cocina, atontada. Le cuesta trabajo enfocar, sus pupilas ya no están hechas para la luz. Tampoco puede concentrarse. Las ideas importantes se mezclan con un gran cúmulo de pequeñeces como peces en una red de arrastre.

Siente que ha entrado en un circo y que todas las salidas están bloqueadas. Adentro, el suelo comienza a temblar y alguien la obliga a mirar el derrumbe.

Escucha la voz de Ana.

Ana no puede ayudarla, es parte del espectáculo.

¿Está despierta o continúa la ensoñación?

La casera terminó su desayuno y ahora lava el plato sin abandonar la vigilancia.

Ella no ha probado un solo bocado. No se atrevería a escupir ante la mirada de su guardiana. El huevo ha adquirido la consistencia de la gelatina.

Criatura, come aunque sea un poco.

La voz llega con desfase, como un programa mal traducido. El mundo, en general, no parece hecho para que ella lo entienda.

La casera anuda la bolsa de basura, que chorrea jugo de comida rancia.

Aquí huele a pescado.

Se parece a algo. Todo se parece a otra cosa.

Qué sucio está.

Es verdad. El azulejo está hongueado y la estufa, llena de cochambre. Lo que más le preocupa es que la casera descubra los garabatos del baño. ¿La correría? Ella no encontraría las fuerzas para explicarle que todo aquello es culpa de Ana.

Cuando la casera saca la basura, ella aprovecha para llevarse a la boca una porción enorme de arroz con huevo. Quiere tragar, pero su cuerpo se rehúsa, su garganta es un puño que la ahoga. La yema, fría y espesa, le provoca arcadas.

Con la poca energía que le queda, se desplaza hacia el fregadero a escupir.

Cuando la casera vuelve, ella enjuaga su plato y el agua cae estrepitosamente.

Prefiere no pensar en los bares del puerto, pero a veces no puede evitarlo. Las fiestas se extendían de jueves a sábado. Celebraciones a la virgen negra, patronales, bodas y cumpleaños. Ella todavía no sabía pelar cacahuates con los nudillos, por lo que usaba los dientes; el suelo quedaba lleno de cáscaras.

¿A poco una gallina anduvo picando maíz?

Dormía entre huacales de Pepsi y, al despertar, su mamá la bañaba en el fregadero.

Había otros niños como ella, hijos de las cocineras o de las mujeres de limpieza. Ella misma era hija de una de las mujeres de limpieza. Su mamá, la de los mil oficios. Un tentáculo para cada actividad. Se equilibraba para orinar, se retocaba el maquillaje, se polveaba axilas y muslos, chismeando con las demás muchachas. A veces lloraba hasta correrse el rímel.

Maldita sea mi suerte, decía. Mal rayo me parta.

Mientras tanto, los niños se miraban a la distancia como jugadores de beisbol. Poco a poco se iban acercando y para cuando terminaba la fiesta ya andaban correteándose por todos lados. Al despedirse repetían sus nombres, en un pacto, un conjuro, como si sospecharan que no volverían a verse.

Recuerda los ventiladores empotrados en el techo y la corriente de aire que mezclaba los aromas. Olor a periódico mojado, su mamá limpiando las ventanas. Amoniaco, el mechudo con el que trapeaba el baño. Olor a vinagre, olor a queso y hongos, los hombres, sus pies, sus estómagos agrios, el sudor de sus nucas. Olor a látex.

Quédate aquí tranquila, ¿me oíste?

Al volver a casa, su mamá se desguanzaba en la hamaca a mirar pasar el tiempo, matando las horas que de por sí ya estaban muertas.

La abuela pedía ayuda para marinar los animales o para desmontar el huerto, pero su mamá estaba demasiado ocupada sacándose las cejas con una pinza oxidada.

Orita voy.

Eran las mismas palabras que Ana le diría tantas veces.

Ahorita voy.

Así se consigue la ligereza, convenciendo a otra persona de que lleve las cargas.

La cara de su mamá recién bañada se parecía a la hoja del naranjo. Lustrosa. Olor a jazmines y flor de azahar. Se aplastaba los chinos con prendedores y los fijaba con limón.

La abuela se reía, su diente flojo era una tilde bromista.

¿A dónde tan peinada?

Guárdese esas flores para cuando me muera.

Ana se burlaba de que ella usara bicarbonato para quitar el sarro y vinagre para trapear.

¿Estás limpiando o cocinando pibil?

Se lo decía con ternura y dándole besos en la frente, como queriéndola.

Tan linda, mi salvajita.

Ella comenzó a exagerar sus comportamientos para divertir a Ana. Cambió el bicarbonato por Pepsi e incluso consiguió un delantal como el de su abuela. Al ponérselo, sintió que se estaba disfrazando. Cada vez más obediente y más incómoda consigo misma.

Ana no movía un dedo para limpiar nada. No barría, no sacudía, mucho menos se encargaba del baño o de la recámara. Las pocas veces que llegó a lavar algún traste, rasguñó los sartenes con la parte verde de la esponja.

Es muy rústico todo esto.

Lo único que limpiaba con esmero era su propio cuerpo al bañarse. Y el de ella, antes y después del sexo.

Ella se fue volviendo malencarada.

Ah, qué chamaca tan más jetuda.

Andaba de malas todo el tiempo. Y con hambre, siempre con hambre.

Hasta el tacto de Ana empezó a parecerle áspero.

Déjate acariciar, no seas huraña.

Se hace la remolona.

No, abuela, no es eso.

Ana enterraba el dedo índice a un costado de su ombligo.

Cochinita.

Manoteaban. Ana apretaba su antebrazo como escogiendo fruta.

Vamos bajándole a los pastelitos.

Ana olía a acetona, incluso cuando no se pintaba las uñas.

La casa fue llenándose de bichos. Se culparon una a la otra. Ana, abiertamente. Ella, tan solo en su cabeza.

Ana criticó su hábito de la masticación interrumpida, dijo que los restos de comida atraían las pestes.

Eres como un animal, eres como una perra que entierra su mierda.

Ella guardó silencio. Las perras marcan territorio y se protegen de los enemigos. También lamen la mano que los golpea si es la misma que les da de comer.

Piensa demasiado en los ojos de Ana. Imagina que los toma como si fueran cristales, que los enjuaga en un mar calmo y los devuelve a la costa más pulidos, más preciosos y limpios como un tesoro que ha arrojado la marea.

Esa imagen la mantiene a flote en la barquita que es su colchón sin base.

Las peleas obedecían a la misma lógica que el resto de sus actividades. Con la energía alta, se odiaban, eran dos fieras. Tras los bajones, se lamían mutuamente las heridas.

Durante alguna discusión, Ana regó una seltzer por accidente. Se quedó mirando el líquido que caminaba hasta gotear al suelo.

Ella se apuró a alcanzarle un trapo. Ana lo cogió con las puntas de los dedos, como sacando dinero de un monedero, sin saber qué hacer.

¿No vas a limpiar?

Ahorita.

Veía la mesa con expresión satisfecha, como si estuviera contemplando un paisaje.

¿Ya?

Por fin, Ana tomó un fajo de servilletas y las desplegó por todos lados, desperdiciándolas.

Luego te compro más.

No estaba hecha para ese tipo de labores.

No se me da.

Estás borracha.

Ella le arrebató las servilletas y el trapo, y se hincó para encargarse de todo, mareada y aturdida. El mundo se había vuelto del revés. No. Así era como había estado: del revés. Ahora por fin se acomodaba.

El trapo olía a choquilla.

¿Sería ese el olor de ella, de su mundo entero?

¿En qué momento las simulaciones se volvieron reales? Ana ya ni siquiera fingió fingir. Aunque, de camino a la cocina a servirse otra seltzer, se permitió lanzarle un beso.

Cómper.

Ella, hincada, sintió que sus rodillas se incendiaban.

Ana la montó, jugando.

Orita no quiero.

Ahorita. Se dice ahorita.

Ahorita no quiero, te estoy diciendo.

Arre, caballita.

Durante una de las últimas peleas, Ana no logró despertarla.

La verdad es que ella decidió hacerse la dormida y se mantuvo quieta, semicadáver, con los párpados apretados. Ana le gritó hasta cansarse.

Ella estuvo a punto de ceder, pero se aguantó.

Al final, Ana se quedó dormida con el cigarro encendido.

Mil incendios: el boiler, la tetera, el escape de los camiones en la avenida principal, las chimeneas de las fábricas, la pirotecnia, la caña ardiendo en campo abierto, la incisiva melaza a la que no se escapa ni conteniendo la respiración, los campos color granate, el humo como arropando al pueblo, tantos fuegos dormidos esperando encender.

En el baño, aún siguen apareciendo cenizas.

Cada incendio huele distinto.

Con el tiempo, terminaron durmiendo separadas. Ana en el colchón y ella en el piso.

¿Y si a lo mejor todo ese mal cariño, ese amarse con machete en mano, veredeando la espesura, mordidas en lugar de besos, lesiones, insultos, no fuera sino el resultado del vértigo que provoca el vacío, tanta hambre, tanta maldita hambre, tanta sed, y esta tremenda, inagotable falta de todo?

Una perra recién parida. Eso comenzó a parecer su mamá, una perra con la carne floja y los ojos cascados.

La abuela decía que estaba hueca, que era como la caña que habla sola.

El alma se le escapó hace rato, pero el cuerpo no se ha enterado.

Abuela, ¿tú puedes devolvérsela?

La abuela negaba, santiguándose como medida de protección.

La noche las llenaba de silencio.

Ella, que ya era insomne desde entonces, esperaba a su mamá con los párpados a medio abrir. Tenía rato que había dejado de parar en la finca. En cambio, ella la veía arribar, entre tinieblas, con pesados pasos de tierra. La veía limpiarse el rostro con aceite de almendras, la máscara adherida como una segunda piel. La veía lavar su cuerpo, tallándose con piedra pómez, si había, o usando sus propias uñas, sus propias garras. La sentía desplomarse sobre el colchón de resortes que compartían, y sentía su propio cuerpo a punto de salir volando.

A los pocos segundos, su mamá se quedaba cuajada con la boca mal cerrada, el calzón enrollado y los senos al aire.

Daba patadas al dormir, soñaba que alguien más habitaba su cuerpo.

Al despertar, rezaba.

¿A quién le hablas?

A ti, mi amor.

En la casa vivían tres personas, pero su mamá siempre había sido como las aves que un segundo están y al siguiente han desaparecido; nunca propiamente parte de la bandada. Se había ido rezagando tanto que, cuando ella salió de la primaria, la abuela ya tomaba todas las decisiones.

Donde manda capitán… ¿o cómo era?

Durante la época de las violencias, la gente del pueblo comenzó a moverse con cautela. La puerta de la finca halló reparación, algunas viviendas estrenaron candados, la tiendita empezó a cerrar más temprano y cercas de púas se erigieron de la noche a la mañana.

Ella obtuvo su primera llave de la casa. La abuela la ensartó en un listón rojo que le amarró a la altura del ombligo junto con un ojo turco, para ese entonces su cuerpo ya tenía curvas suficientes para sostenerlo.

La incomodaba traer colgando un amarre de brujería, así que comenzó a guardarse la llave en el corpiño. A menudo la extraviaba al cruzar el cañizal y tenía que desandar hasta encontrarla.

Ahora piensa que se guiaba por el olfato, pues seguía prefiriendo la oscuridad a la luz.

Recordaba la conversación nocturna de las gallinas, burlonas, y que les apretaba el cuello antes de perdonarlas.

Una noche la agarró el aguacero antes de encontrar la llave y tuvo que entrar por atrás, rodeando el baldío. Al día siguiente, el rastro de lodo en la casa aterrorizó a su mamá, que salió corriendo a gritarle a la abuela.

Mire, mire, alguien se quiso meter.

La abuela caminó despacio, sobradamente despacio, como si renqueara.

Calmadas, parecía decir. Calmadas, que llevo prisa.

La abuela le alzó la blusa en busca del listón, porque la conocía mejor que nadie, y comprobó que la llave no estaba. Pero guardó el secreto. Tranquilizó a su mamá con mentiras y medias verdades, luego encontró una latita de caramelos de la época en la que limpiaba casas.

Para tus chunches, le dijo a ella. Pero ay de ti si pierdes la llave.

El ojo turco fue el primer objeto de una colección que ella fue curando al paso del tiempo. Se sumaron una moneda, una pluma de guacamaya, un azulejo de panteón y algunas canas de su mamá, canas jóvenes, largas y brillosas como filigranas.

Todo aquello se perdió en una de las inundaciones.

La noche que conoció a Ana, notó que guardaba sus cigarros en una latita parecida a la suya.

A veces se pregunta si las coincidencias existen o si son meros trucos de la mente. Tal vez el único engaño sea pasarlas por alto, hacer como que no las vemos.

Las visitas de su mamá son premoniciones trágicas, un millón de ojos turcos.

Tienes hambre, por eso sueñas.

Inhala profundo hasta preñarse a sí misma, embarazo de agua y aire.

Es imposible que la casera la haya visto escupir. Está segura de haber sido meticulosa. A lo mejor creerá que vomita. Eso sería menos vergonzoso. La casera no tiene por qué saber que su garganta está cerrada.

En el pueblo, llamaban purgar a separar el azúcar de las mieles.

A todo esto, ¿sí ha intentado vomitar? Ahora no sabe si engañaba a Ana o si se engañaba a sí misma pretendiendo engañarla.

Al final de los atracones, iban al baño a seguir intentándolo.

No es bueno que se te quede adentro.

Ella obedecía, pero no lograba nada. Ana perdía la paciencia.

Haz un esfuerzo.

Y lo hacía. En serio que lo hacía. Tal vez, si lo hubiera logrado, Ana seguiría aquí junto a ella. Debió haberlo intentado un poco más.

A Ana no le gustaba verla devolver el bocado en la servilleta.

No somos animales.

¿No lo eran?

Pájara. Pajarita.

Ella bebía cinco, seis, siete litros de agua antes de dormir, y dejaba de comer durante días.

Sí lo estoy intentando, no sé qué más puedo hacer.

Estás bloqueada, no te abres.

Ana intuía que había más secretos, alguna presencia encubierta en sus historias.

Nunca me cuentas de tu mamá.

Tú nunca me cuentas nada.

Ana hacía como que no la escuchaba, los oídos atentos a la música del teléfono.

A ella le quedaba esa sección de su memoria que no compartía con nadie.

¿Qué te cuesta? Te la pasas adentro de tu cabeza. ¿Qué hay ahí?

Prohibida la entrada. Se llamará a las autoridades.

¿Y qué había? Una laguna embrumada, rumores indistinguibles.

El pájaro se come al pez.

Ana se enojaba por cualquier cosa. Era chocoso estar con ella.

Tiene la mecha muy corta, esta güera.

Era como tocar la chapa de una puerta para ver que no se estuviera incendiando. Hacía berrinches, luego se arrepentía y se disculpaba, mirándola como los niños miran a sus mascotas.

Ella se dejaba acariciar, se dejaba domar. No era amor, era cansancio. La casa nunca acababa de estar limpia y tampoco se quedaba en silencio, no sabía estar sola, nunca estaría sola.

Gallinero callado, hay que buscar al coyote.

Traes demasiadas voces.

Entonces los murmullos no eran cosa solo de ella.

Hay que gritarte.

Esta era un ave que nadaba en un río que iba al revés.

¿Quieres que te lo cuente otra vez?

Abre y cierra los ojos. Las pupilas no se contraen. Percibe figuras abstractas y los puntos de mercurio se estiran como gotas en un cristal.

Intuye el entorno por probabilidades. Es probable que la casera siga siendo la casera, pues la tenía aquí enfrente, minutos antes de perder la vista, y es tan terca que no descansará hasta hacerla comer.

¿A quién se parece?

Escucha el revoloteo de una mosca.

¿Este es el presente o el pasado? Los insectos merodean los espacios intermedios, límbicos, noche y día, afuera y adentro, vida y muerte, como minúsculos zopilotes.

La casera no ha notado que la casa está plagada de moscas.

Ana las perseguía con un matamoscas de plástico.

Déjalas, ¿qué te hacen?

Ana la miraba como si el insecto fuera ella.

Para enloquecer tengo mis propios pensamientos.

Pronto llegaron las cucarachas, grandotas, bruñidas, provenientes de tierras cálidas y tropicales.

¿A quién se parecen?

¿A quién?

Písalas.

Ella se calzaba el primer zapato que encontraba. Crac. Si el zapato era de Ana, tenía que lavarlo después. Crac. Sus esqueletos externos tronaban como empaques de plástico. Cracccc. Imaginaba que así, también, se romperían ellas durante el sexo. Crac. Al despertar. Al estirarse. Crac. Cínicas, atascadas, engolosinadas y adictas.

Mi abuela las aplastaba con una chancla.

¿En serio vivías entre cucarachas?

Ella creía que sí, pero esa imagen ahora es difusa, podría ser una historia inventada.

Creía recordar sus patitas caminando sobre su frente.

Ana le ordenaba que se callara.

No seas asquerosa.

Criatura, tienes que comer.

Ya no tiene fuerzas para mentir. Tampoco para confesar. Su cuerpo es un entramado de huesos, sin músculo ni grasa. Tal vez haya dejado de envejecer.

La casera está preocupada por ella.

¿Ya te viste en el espejo?

Su condición huidiza dispara las señales de alarma. Pero ¿acaso no era justamente eso lo que buscaba: atención, cuidado?

Cuidado con lo que pides.

No es confusión, al contrario, es la claridad que se obtiene en el vacío.

Quisiera alimentarse de agua, inclinarse y beber los charcos, reducirse a las partículas elementales, habitar un cuerpo diminuto, respirar únicamente lo indispensable.

La abuela decía que las plagas eran anunciaciones. ¿Cómo se interpretaban?

Hormigas arrieras y chicatanas, avispas, palomillas, langostas, la roya. El verano era el caldo del infierno.

Todo esto suena tan improbable, que parece haberle sucedido a otra persona.

Piensa en conejos palmos y estirados.

Tienes que dejar de castigarte.

La casera lava ollas con una escobeta. Los conejos están rodeados por moscas. ¿Cuánto tiempo ha pasado desde el desayuno? Los recuerdos también son una plaga y para esa no hay veneno.

Piensa en su abuela hirviendo cabezas de animales, enormes y enrojecidas, espuma de sangre, grasa blanca y amarillenta.

La carne de burro se parece a la carne de las vacas viejas.

La carne de burro no es transparente.

La cogía del brazo para arriarla de un lado a otro. La domesticó a base de tirones y pellizcos.

Los pájaros que se quedaron en el río mutaron. Algunas garzas se instalaron en los patios, donde podían seguir siendo libres o por lo menos sentirse libres. Picoteaban lombrices de una cubeta. A veces, ella pedía permiso para alimentarlas.

Pero con la palita. No uses la mano.

Metía la mano hasta el fondo, se llenaba el puño y salía disparada a su casa con las lombrices entre los dedos. En el camino les iba anunciando a sus gallinas:

Agárrense, que les traigo un regalo.

Alguien esparció el rumor de que era cochina. Empezaron a decir que en su casa vivían entre desechos, con la cocina infestada de moscas y cucarachas, y que ella era la única niña del pueblo que no se bañaba todos los días.

No era verdad. A ella le encantaba bañarse. De chica, su abuela la dejaba en remojo en la palangana durante horas, mientras vigilaba el cocimiento de las cazuelas. Recordaba los escalofríos, los estornudos y los dedos arrugados, y el abrazo involuntario de su abuela al arroparla con la toalla que guardaba el olor de las tres.

Luego comenzó a bañarse con su mamá y a fijar la mirada en la costura de su abdomen.

De más grande, le gustaba refrescarse en el aguacero. Sacudirse como un perro salido del estanque. También le gustaba orinar de pie en la regadera, imaginándose en un cuerpo que no era el suyo.

Ahora, ya no recuerda cómo se siente la ropa pegada al cuerpo. Hace tiempo que no suda. Ya tampoco le crece vello en brazos y piernas. Los poros erizados son su única protección.

¿Cómo olerá su piel, así, sin emanaciones?

En la ciudad, la lluvia es considerada mal tiempo.

La mortaja también se humedeció.

Del cielo baja, del cielo baja.

Soñaba que el cabello de Ana era una telaraña dorada que escurría como miel. A lo lejos, un ejército de chivos bajaba de las montañas con las fauces abiertas.

Ana, vienen por ti.

Ella sabía que la dejarían pelona a base de lengüetazos.

¿Ana sabía que ella sabía?

Espantosa. Fea. Nadie más iba a quererla.

De las dos, Ana era la más cochina. Pero eso nadie lo habría creído y a ella la habrían tomado por mentirosa.

La casera le habría dicho:

Criatura, ¿cómo va a ser?

Chantal se habría burlado:

Ay, sí, ahora resulta.

Quedan evidencias que nadie verá. Pelos lacios y amarillos, colillas de cigarro, chicles, cáscaras de mandarina, escamas de sarro y óxido en los muebles del baño, trastes apilados, ropa sucia en lugares improbables.

Ana, princesa de dedos perfectos, escondía mugre debajo de las uñas.

Nunca le pidió a Ana que recogiera su desorden, ni siquiera cuando se hacía comida y no le convidaba, ni siquiera cuando sus calzones sucios en la regadera la hacían pensar en su mamá.

Había aprendido de la abuela a resolverlo todo con sus propias manos y a repartir las culpas después.

Bueno, ¿ustedes están pintadas?

¿Te ayudo, abuela?

A buena hora. Ya acabé.

Durante la época de la huelga, la abuela dedicó días, semanas y largos meses a maldecir a los directivos del ingenio, patrones, accionistas, líderes sindicales y jefes de cuadrillas por igual, a todos los responsables de que ella no pudiera hacer sus labores ni cobrar su sueldo y mucho menos acudir a las curaciones de su pulmón. La respiración se le fue haciendo breve, como una niña que llorara con hipo.

Lo peor fue que, cuando por fin levantaron la huelga, la empresa se negó a aceptarla de vuelta arguyendo que estaba demasiado enferma.

Esta es la sección de su memoria que nunca visita. Cubre los recuerdos con un trapo y apaga la luz.

Aquí te dejo estos otros.

Se ve a sí misma parada de puntitas en un banco, frente a un fregadero inmenso, colmado de trastes sucios que no dejan de llegar.

Un beso en la cima de su cabeza.

¿Ana? No. Esta calidez pertenece a otra persona.

Ana usaba hasta cinco platos para preparar una ensalada. Tomaba tés siempre en distintas tazas y no era ni para echarles agua cuando terminaba.

La güera sí que está de florero.

Las bolsitas se endurecían al fondo.

Se extiende como verdolaga.

Las flores que no se marchitan, se pudren.

Ella fue sumando cada uno de estos descuidos y abonándolos a la famosa deuda impagable. Incluso llegó a dudar si no sería Ana quien le debiera a ella y no al revés.

Billetuda. Que te dé para tus chicles.

Pero ella jamás le habría cobrado a Ana. Una cosa era no tener dinero y otra muy diferente que se notara. También había aprendido de su abuela que las cuentas se saldan en privado.

Ana no agradecía ni se disculpaba, y cada vez se creía con derecho a más.

No tallaste bien el espejo.

La cama huele mucho a cama.

Ya se llenó la bolsa de basura.

En venganza, ella preparaba tés en tazas mal lavadas y le sacaba el gas a las seltzers para arruinarlas. Siguió recogiendo los calzones de Ana, pero ahora, antes de guardarlos, los usaba para trapear el baño. Se le fue volviendo lo más normal del mundo limpiar el lavabo con su cepillo de dientes.

Ella no era sirvienta de nadie.

Muchacha.

Un espasmo.

Si te quiere, que te mantenga.

Su abuela limpiaba los cuerpos de los malos espíritus. Limpiaba el huerto cuando lo desbrozaba. Limpiaba el gallinero, el cuarto de sangrado y la casa entera. También, a veces, limpiaba casas de otros, mansiones del puerto nuevo, escondiendo los dedos de extraterrestre en guantes de jardinería. Limpiaba el ingenio azucarero usando sus propios pulmones como esponjas.

Los cuerpos se limpian antes de volver a la tierra.

Los cuerpos que no están enterrados vuelan a merced del viento.

Piensa en su abuela. Así la aleja de la muerte.

Cuéntame de tu mamá.

No puede darle a Ana lo que pide.

Te metiste en un berenjenal.

El aliento de su mamá, cachaza y fermentado de frutas, se cuela en sus ensoñaciones.

Lo barato sale caro, pero todo el mundo tiene un precio.

Soñaba con perros de entrañas reventadas, gallinas hinchadas del pescuezo y vacas flotando en la ciénaga, sus ojos como rambutanes picoteados por buitres.

La abuela escupía sangre en el patio. El olor metálico comenzó a invadir la casa, por más que echaran vinagre, bicarbonato y el acostumbrado limón.

Limón para el sudor, para el mal aliento.

Limón para peinarle esos rizos insurrectos.

El limonero crecía despreocupado en el jardín, aventando frutos por todos lados.

Limón para limpiarse el abrazo de mil hombres.

La imagen de su mamá, que es solo para ella, deambula por las esquinas de esa casa que ha modelado en su memoria, mucho más grande que la verdadera. En el recuerdo ella sigue siendo niña y la abuela llena el silencio con el estrépito de su voz.

En la cocina, una pizca de sal, un chorrito de leche.

El secreto de las flores es no ponerles atención.

Para Ana, únicamente la abuela.

A las plantas, lo contrario: hay que tratarlas con paciencia.

¿Tú qué eres: planta o flor?

A la abuela le gustaba pasar por el puesto de las siempre-vivas. Tocaba sus pétalos y los veía pulverizarse como alas de polilla. El vendedor se enojaba.

Usted quiere que se las cobre.

La abuela tal vez diría que las estaba liberando. La vida eterna es una condena. Tal vez eso fuera lo que pensaba ella. Lo que ella pensaba que pensaba la abuela. Las dos estaban hartas de tanta sangre.

Los médicos dijeron que la calvicie no se relacionaba con la bagazosis y mandaron a la abuela a hacerse nuevos estudios, esta vez en la capital. Sin embargo, la abuela estaba exhausta, para entonces ya ni siquiera iba al puerto a vender sus animales. Sus pulmones eran dos nubes oscuras de lluvia tóxica.

¿Qué cosas realmente dijo la abuela y qué cosas ella se inventó? De pronto todos sus recuerdos son sospechosos. Cuando su mamá y su abuela estaban vivas, no les ponía demasiada atención. Ahora resulta que acumuló miles de imágenes.

Su abuela aplastaba los pétalos y luego se chupaba los dedos para limpiárselos.

A lo mejor la muerte sea la sensación de que el mundo no mira de vuelta.

La abuela no quería vivir para siempre. Al final no quería vivir y punto. Ahora ella la regresa al presente y la eterniza en su invocación.

Piensa en conversaciones viejas, pero ha ido cambiando las palabras y es imposible recordarlas tal y como sucedieron.

La belleza esconde la semilla de su propia destrucción.

Las flores se mueren. Los niños se convierten en hombres malos.

La abuela parecía saber muchas cosas, pero no hacía el esfuerzo por enseñárselas. Tampoco se interesaba en lo que ella pudiera decirle.

¿Y qué podía decirle, si la abuela conocía su mundo entero?

Las voces se diluyen y los recuerdos específicos se convierten en generalidades.

Lo que nos atrae puede ser lo mismo que nos destruya.

Perra que come huevos ni aunque le escalden el hocico.

Al despertar, Ana le limpiaba las lagañas y le metía un chicle a la boca. La trataba igual que al resto de los objetos del mundo, como algo perfectible. Cuando se besaban, jalaba sus manos hacia el suelo para estirar su columna vertebral.

Párate derechita. Mete la panza.

Ahora, sin Ana, obedece igual. Casi no se atreve a tocar su propio cuerpo, lo considera territorio ajeno. Si pudiera, evitaría los pasillos de su mente, atiborrados de recuerdos inservibles.

Durante una de sus tantas noches de insomnio, Ana se dio cuenta de que se había quedado sin cigarros.

Aunque sea vamos por unos Marlboros.

¿No es muy tarde?

Ándale, ponte zapatos.

La casera las atajó antes de abrir el portón.

Criaturas, ¿no se esperan a que se haga de día?

La mirada de la casera las convirtió de pronto en dos niñas. Ana y ella vestidas con el uniforme, calcetas arriba, falda plisada, tomadas de la cintura, correteándose en el patio de la escuela, jalándose del pelo y raspándose el dorso de la mano hasta sangrar.

Juegos de manas son de villanas.

Está muy solo allá afuera, espérense a mañana.

Dos gatas de la misma camada, una amarilla y la otra café, pegadas a la teta seca de una gata vieja.

Ana negó con un ademán. Sus anillos cortaron el aire.

No pasa nada.

Ese gesto, aventar la mano como espantando insectos, ella ya lo conocía de antes.

En el pueblo corrían rumores. La abuela intentaba convencer a su mamá de no ir al trabajo, decía que había recibido advertencias en sueños.

Los mosquitos son enviados del infierno.

Tranquila, duérmase, no pasa nada.

Mejor hoy no salgas. Mira cómo está la luna, hasta los pichos se guardaron temprano.

El recuerdo le provocó escalofríos.

Los anillos de Ana volvieron a espantar moscas.

Los insectos no tienen la culpa y el infierno no existe, son los hombres.

Ana y ella, tomadas de la cintura, abandonaron el zaguán. Ella sintió el dorso de la mano herido.

No pasa nada.

Pero sí había pasado.

El dorso de la memoria herido.

La casera asomó la cabeza hasta perderlas de vista.

Caminaron en mitad de la calle, volteando para todos lados. Ana guardó sus anillos en la ropa interior. Un trueno reverberó en la noche. Era el Chivo, saltando sobre el cofre de un auto estacionado.

Ana brincó. Insultó al Chivo. La insultó a ella.

Ella se rio, como hacía a veces cuando se asustaba.

En la oscuridad todas las miradas se confunden. Calaveras de autos, faros de barcos imaginarios, pupilas amarillas, puertas y ventanas.

La puerta de la cocina se ha vuelto giratoria, ¿o por qué las escenas dan vuelta como las páginas de un libro? La casera entra y sale apurada, afanosa en sus quehaceres. Ella adivina sus movimientos, cabeceando en la mesa. Recuerda que su abuela usaba una vara de carrizo para estirar el tendedero.

La casera no permite la entrada de los gatos al zaguán, teme que ensucien sus sábanas blancas. Entonces también cuida a sus fantasmas. Tal vez sea a ellos a quienes les canta.

Bue nosdí a sa legrí a.

Tantas hipótesis que no puede corroborar.

Los animales, al veredear, no inventan caminos nuevos.

Recuerda el globo en el vientre de las mulitas, los costales en el lomo, sus pezuñas y melenas quebradizas, gemidos en un idioma desconocido.

El cielo es un manto que se descorre.

Tantos lenguajes misteriosos.

Cuando las voces comenzaron a hablarle, ella las escuchó atenta, por eso se instalaron y ya nunca se fueron.

La casera toca su espalda.

Criatura, ¿me escuchas?

¿Realidad o imaginación?

La casera aprieta su muñeca con tres dedos.

De pronto es Ana quien la toca y la abraza.

¿Evocación o sueño?

El animal del circo olvidó sus trucos, está herido, su disfraz está arruinado, ahora apela a la piedad del público y del entrenador, al orden invisible del mundo. Esa será su estrategia. Un último aplauso antes de cerrar el telón.

Cuando se conocieron, Ana y ella aparentaron ser muchas cosas que no eran. Ella fingió que disfrutaba la música de aquella fiesta, que en realidad le parecía monótona y aburrida, como sonaría el mar en la mente de quien nunca lo hubiera escuchado. También fingió que fumaba y que bebía y que no la aterrorizaba su excitación. Con el tiempo acabó fingiendo que intentaba vomitar.

Poco a poco las máscaras cayeron y cada una tuvo que decidir si quería quedarse.

Ella sí quería.

Adornó el recuerdo de su abuela y lo puso a flotar en el mar salobre.

Permitió las burlas de Ana. Quería gustarle a como diera lugar.

Cuéntame otra vez la historia de cuando te vestías con hojas de plátano.

Agarradas de la mano, el vértigo se tornaba habitable. La misión de una era preservar la vida de la otra. No sabían cuidarse a sí mismas, pero entre las dos se mantendrían a salvo. Parásitas. No. Epífitas.

Te quiero tanto, mi usos y costumbres.

Yo también te quiero.

Le gustaba el personaje que representaba para Ana. Pero los personajes carecen de entendimiento. Y Ana continuaba siendo un misterio: no trabajaba, no tenía horarios, podía dormir de día, despertar de noche, comer, vomitar y bañarse. Ella no hacía preguntas, y las pocas que hacía Ana las respondía con evasivas.

Era cansado estar con Ana. Los misterios irresolubles pueden sentirse como estafas.

Las epífitas requieren oxígeno, son aerobias.

Un día, por querer asomarse al teléfono de Ana, lo tiró por accidente.

Fíjate por dónde andas, tonta.

El fuego empieza con un chispazo y camina con los pies arrastrados.

Animala, animalita.

Ana la apretaba del pescuezo para guiarla en la calle.

Alto. Luz roja.

Los dedos de Ana, clavados en su cuello, la hacían sentir que pagaría por las torturas a las que sometió a las gallinas.

Toma, chango, tu banana.

Las gotas de mercurio son destellos en la negrura de la noche. Frota sus ojos con el dorso de la mano y percibe notas de sal.

¿Lágrimas?

Ven, no seas chillona.

Si supiera cómo reírse, lo haría, pero la risa se convierte en tos.

Platicaba con Ana y de repente era su abuela quien contestaba, la delataban su chiflido y el olor metálico. Entonces ella aguzaba su sensorialidad. Atenta. Atenta. Aquí hay un mensaje del futuro.

La ausencia de Ana la ha empujado a un pozo turbio.

Mete la mano a una cubeta llena de lombrices.

A un estómago, y nace un bebito.

Bebito del océano abisal.

Marisma.

Si Ana no quería lastimarla, ¿qué quería?

La voz de Ana resuena en un batir de olas. Esa voz es ella misma, habitando su propio pensamiento.

¿Ya comiste?

¿Y tú?

Sí.

Yo también.

Bueno, no realmente.

Yo tampoco.

Los pasillos de su memoria son carreteras de mangos y tamarindos. Pero el libre tránsito no existe, hay cuotas. Sospecha que está cayendo en una trampa.

Todavía espera que Ana regrese, necesita su mirada para no desaparecer.

Evita pensar en su mamá, igual que antes evitaba pensar en su abuela.

Ana acariciaba su quijada sin saber que estaba tocando varios pasados. Metía un dedo en su boca y alguien más la mordía, un entramado de bocas distintas, encía desdentada y labial corrido, torrente de mujeres en un arrecife.

Risas rompiendo en la costa, arrastrando troncos y porquerías.

Todas las mujeres se convierten en una sola, que es ella misma.

Cuéntame de la huelga del ingenio.

Las voces, cuando quieren inundar, inundan.

Desde lo alto de una reja, rodeada por soldados, su abuela se quitó la pañoleta para que el mundo viera su cráneo pelado, lustroso y gigante como un huevo de dinosaurio. Alguien la llamó visionuda.

La huelga duró muchos meses, y si ellas hubieran tenido algo, lo habrían perdido todo.

Háblame de tu mamá.

Tú háblame de la tuya.

¿Para qué?

Quiero saber.

Yo no bajé de los árboles, a mí no me criaron los lobos.

Toca su propio cuerpo con sigilo y vergüenza, como entrando en la habitación de un muerto.

Ya casi no me acuerdo.

Tal vez la abuela tenía razón y todo lo eterno está destinado al abandono.

Cuéntale a tu amiguita, ándale.

Las cosas de los muertos no se tocan, pero su mamá sí regaló los vestidos de la abuela y por eso ella nunca más volvió a pisar la tiendita del entronque. No aguantaba ver a esas señoras disfrazadas de su abuela. La dueña con el delantal rojo, sudores mezclados en axilas y cuello. Su hija con una peineta de carey falso.

No, no. Está mezclando recuerdos.

Los objetos son señuelos de un camino que desconoce.

Ahora le parece ver a su abuela con un chongo. Es una imagen antigua, de cuando la abuela todavía tenía pelo, mucho antes de la bagazosis, de los dedos de extraterrestre y el tosido metálico.

Sus nombres no se pronuncian.

Mamá.

La mera mera.

Su mamá comenzó a trabajar más horas y en jornadas de varios días.

Mamá partida en mitades. Mamá hija y mamá madre.

¿Te duele tu cicatriz?

Poquito, mi amor.

Sueña que es una niña que sueña.

Para adentrarse en el mar, desciende una escalera de caracol. Cuando regresa, Ana ya no está en la orilla, solamente quedan su toalla y las cenizas que ensucian la arena. Tiene hambre, pero decide esperar sentada, adivinando el movimiento de las nubes.

Así como ha desaparecido, así brotará de nuevo.

Ana, invención de su propia mente.

¿De la mente de quién?

Ana, huracán de humo, incendio, naufragio, catástrofe.

Al cabo de un rato vuelve a la casa, que se mantiene tal y como ellas la dejaron. Abre el refrigerador. Adentro hay un espejo. Una niña envejecida y de ojos azulosos, a la que no reconoce, la saluda.

Ana le pedía el reporte diario y pormenorizado de su ingesta para apuntarlo en la pared. Revisaba los restos de comida en el lavabo cuando ella se lavaba los dientes.

¿Comiste toronja?

Estricta, aplicando examen.

Acuérdate que estamos juntas en esto.

Sí me acuerdo.

Acuérdate que el hambre afina los sentidos.

Ana entraba al baño mientras ella orinaba. El aire que la puerta empujaba se sentía como un puñetazo en el esófago, como los ataques de hipo que sufría de niña.

Su abuela la curaba con cosquillas y espantos, se agazapaba en la pared para asustarla cuando ella pasaba corriendo.

¡Ay, nanita!

La cerámica del baño reluce de tanto tallado. Ella hunde sus nalgas hasta el fondo. Quisiera sumergirse, bucear hasta llegar al Pajaral.

Alguien la obliga a volver.

Ana.

Una corriente de viento del norte.

Una puerta se abre en el mundo flotante.

¿Se puede saber qué verga estás haciendo con mis calzones?

A lo mejor anhelaba ser descubierta. A lo mejor, simplemente, necesitaba liberar un poco de aire. Estar con Ana era extenuante. Había demasiadas reglas y, en cuanto ella se las aprendía, Ana las modificaba por completo.

El hambre nos vuelve más receptivas a la belleza del mundo, decía.

Entonces ¿por qué ella comenzaba a distinguir grietas donde antes había muros tapiados? Se colaba luz entre la mampostería.

Ana solo era cariñosa en el lapso que iba desde el primer bocado hasta la vomitadera. Caricias. Cosquillas. Abrazos empalagosos.

Ahorita vengo.

Ana, quiero que me sigas queriendo.

Ya vas a empezar de encimosa. Me hartas. Me desesperas.

Fue descifrando las conductas de Ana por mera supervivencia. Adelantándose. Tenía fruta siempre a la mano para apaciguar los bajones de azúcar. Le desabrochaba la falda, ya no por sexo, sino para que respirara mejor.

Lo que le falló fue mirarse al espejo. ¿Será que ella también traía una revolución adentro?

El burro hablando de orejas.

Ahora, revuelta y ofuscada, comienza a entender que andaba corta de paciencia. El oxígeno era muy poco. Tenían que pelearse por él.

Es tarde.

Entre ellas no cabía otro amor que no fuera el amor al vacío.

Imagina siluetas debajo de la tela, esqueletos brillantes y cubiertos de escamas, luces en el océano profundo, en esa vigilia que dura para siempre. El cuerpo que no se alimenta tampoco necesita dormir demasiado. Los días se vuelven chiquitos, hiperconcentrados.

Vámonos fuera del tiempo, tiene que valer la pena.

Los abogados buscaban a su abuela para llegar a acuerdos.

Estos creen que me chupo el dedo.

La abuela se tapaba los oídos y tarareaba tonadas secas.

Diga si es cierto, como lo es, que la neumonitis por hipersensibilidad era una condición preexistente.

Preexistente mis polainas.

La voz de su abuela en su cabeza sigue estando ronca.

La doctora le había advertido que tenía que dejar de fumar yerba. Sus pulmones estaban al límite y seguía viva de puro milagro. La abuela la había mirado como una gata detrás de un vidrio. No obedeció sus indicaciones. Tampoco pactó con los abogados.

Enfermo que come, la muerte espanta.

O tal vez:

El que come y canta, loco se levanta.

¿Cómo era?

Pocos días después de la última consulta, la abuela se resbaló en el entronque de la carretera, frente a un par de viejos caguameros. Pocos, muy pocos, realmente muy pocos días.

¿Sería por la falta de oxigenación?

Siempre había bromeado con que la cabeza se le separaría del cuerpo. La cabeza que para ese entonces era un diente de león a medio soplar.

No la pierdo porque la traigo pegada.

Agonizó durante una semana, la cual dedicó a curarse a sí misma y a preparar la huida. Estoica y bovina, rumiando yerba y condenada a la posición horizontal. El pie, que en la hamaca siempre estaba elevado, en la cama se hinchó, se enrojeció y quemaba al tacto.

Mira, chamaca, un tamal recién salido de la vaporera.

Risa chimuela, tosido de perro.

El dolor de las piernas era una tortura. La abuela se sacudía como un animal envenenado.

Me lleva la que me trajo.

Tomaba las pastillas que le habían regalado en la clínica. Excedía las dosis. Fumaba. Fumó hasta el último segundo y hasta el último segundo escupió.

Su mamá, nada más para sentirse útil, preparaba tés y otros remedios y apagaba el radio en señal de respeto. En cuanto se alejaba, la abuela tiraba los menjurjes y volvía a encender el radio.

La casa exudaba un olor metálico, como un camión que recuerda a un tren que recuerda a un barco arribando a tierra.

Vapor de calderas, el aliento del océano.

¿Quién chifla? No es la abuela.

No es ella, adolescente, mirando cómo la abuela se extingue.

Es la casa, que en su recuerdo vuelve a ser aquel tinglado de estacas armado a la ligera. Casa ciega y tembleque.

Un sábado por la mañana, el mentado barco dormitaba el sueño intranquilo de los hombres, cuando de pronto encalló.

Mar salado, mar de trombos.

Frente frío.

Ya no había conejos para llevar al mercado.

Ya no había cabezas hirviendo.

El viento columpiaba la hamaca, colándose entre las yaguas.

Conversaba con su abuela todo el tiempo, le decía lo que no había podido decirle en vida.

Los valles recuerdan que fueron lagos.

Esta ciudad es demasiado grande y la luz no cambia de tonalidad.

Luego conoció a Ana y descubrió que, aunque hablar con su abuela era muy fácil, hablar sobre ella era lo más difícil del mundo. Las palabras eran habitaciones estrechas y los recuerdos no cabían en ellas.

Tuvo que cortar, pegar y adornar los más valiosos. Los guardó en una latita de su mente. Metía la mano para regalarle a Ana lo primero que encontrara.

La abuela palpaba el buche de las gallinas para averiguar si habían comido. Desdentadas, desplumadas, una y otras, con piedras en la molleja.

Y así se la fue llevando durante los primeros meses. Pero Ana siempre acababa deseando lo que no podía tener.

¿Cómo murió?

Ya no quería historias repetidas.

Cuéntale, chamaca, no seas así.

Ella chupaba la punta de sus chinos. Buscaba palabras inservibles, palabras para no decir nada.

Se murió y ya.

Nadie se muere así porque sí.

Su mirada decía: me estás haciendo perder el tiempo. ¿Me vas a contar algo que valga la pena?

Cuéntame de tu mamá.

Las épocas de la exuberancia, del verdor inaprensible, habían quedado en el pasado. Ahora se sentía infértil, tierras arrasadas.

No te vayas.

¿Me vas a contar cómo murió tu abuela sí o no?

Pero eso era pedir demasiado. No quería que Ana la relacionara con la podredumbre.

Sí.

A ver.

No hay escape a la miseria, se la lleva enquistada adentro, carcinosa, palpitante.

Un día por fin se lo contó.

La humedad recupera los cauces. Árboles centenarios hinchan sus frondas, se vuelven refugio para las aves.

Le habló de las partículas de moho en el bagazo. De la neumonía, a la que llamaban pulmonía. Le contó cómo su abuela, pájara de patas flacas, orinaba y defecaba en una sola entrega, de cómo se limpiaba las nalgas con olotes, despreciando el papel higiénico que su mamá conseguía en sus trabajos. Le habló de la sanguaza que la abuela embarraba en los árboles al sonarse la nariz.

Era demasiado tarde. Ana ya no estaba interesada, ya tenía la mirada puesta en otro lado.

Cuéntame de tu mamá.

Su cabeza tundía como una olla de presión.

Y dale la mula al trigo con esta ricachona.

Nunca me cuentas de tu mamá.

Tú nunca me cuentas nada.

Las historias de su abuela se habían vuelto insuficientes.

Cuando se enciende la luz del corral, dos aves descubren que llevaban un rato mirándose.

Imaginó su cerebro escurrido, huidizo, molusco, una guanábana despulpada. Siguió hablando de su abuela, de los labios que se le fueron poniendo azules, de cómo trituraba chayotes con la encía reseca y tísica.

Chamaca, ¿para qué soy buena?

De cómo ella tuvo que cargarla como a los conejos, envuelta en tela.

Ana ya no quería escucharla.

Basta. Qué flojera me das.

Y la tela se humedeció.

Si no me vas a contar de tu mamá, ya no quiero escuchar cuentitos de hechicería.

Ella sintió el vértigo de la oscuridad profunda.

A ver, si tan bruja, ¿por qué no se curó a sí misma?

Eso no se puede.

Pues qué bruja tan chafa.

No había punto de fuga, sino espiral.

Cuéntame de tu mamá o mejor ya no me cuentes nada.

Recuerda que llevó los platos sucios al fregadero y que les echó agua para ablandar la mugre. Y que, después de un rato, Ana se acercó como si nada hubiera pasado, convidándole un gajo de mandarina.

No, gracias.

Ándale, sí quieres.

La verdad no.

Ana la abrazó y le puso la mano en el abdomen. No había bebito. La pellizcó con dos dedos. Tejido blando, excedente.

Por más que ella metiera la panza, Ana encontraría pellejo.

Abracadabra, lonjas de grasa.

Risa de dientes frágiles, de dientes amarillos, maltratados, vacíos. Como Ana. Como todo en Ana. La risa de alguien que no carga muertos a la espalda, que no responde por sus actos ante un coro de voces. Alguien con derecho a la belleza.

Las puertas del circo estaban selladas y Ana la obligó a presenciar el derrumbe.

Líneas de dientes, como forenses asomados a un agujero.

No acostumbraba los altares, pero sí los rezos.

A los muertos no se les elude la mirada.

Chamaca, andas buscando bronca.

No teno jescria tu ra.

Los nombres de los muertos no se pronuncian.

Ocurrió que ella había comido poco y Ana había comido muchísimo y vomitado, y sus ritmos se habían desfasado, y ese no era el trato, ambas tenían que sentir lo mismo y a la misma vez. Además, ella había tomado varios litros de agua y traía la barriga inflada y grasa asomada en los pliegues, flácida imperfección que la hacía sentir monstruosa. Ocurrió que el aire era corto, como era corta la paciencia, y estaba lleno de humo. Y que ella había notado desde hacía algunos días que su abuela la visitaba en el espejo más de lo aceptable, a diario, a cada rato, susurrándole entre risas que también ellas se iban a quedar pelonas, sordas, extraterrestres, y que se morirían como gallinas pellejudas con los pulmones llenos de sangre las dos. Ocurrió que estaba cansada, muy cansada del personaje que alguien más se había inventado, estaba cansada de Ana y de la que era ella con Ana, para Ana, por culpa de Ana, ante, desde, durante, hasta. Y ocurrió que su abuela, así tal cual como había sido, ajada, maltrecha y terca, era lo más cercano a un domador que ella había conocido, y que si bien a su infancia le habían faltado caricias, los golpes y manotazos también dejan sintiendo tibio, ¿y qué acaso no es el calor hacia lo que tendemos todas las animalas?

¿Qué clase de bestias somos, Ana?

Piedras en el mar nocturno.

Mulitas panzonas de agua.

Conejas.

Pescadas.

Dos esqueletos desnudos de carne.

Las animalas mueren de tantas maneras distintas.

Lo que ocurrió fue que le dijo:

Vete de mi casa.

Ana ni siquiera volteó a mirarla.

Cruzó el zaguán sin decirle adiós a la casera.

Eso fue el domingo en la mañana.

De niña, le gustaba imaginar que el huracán arrancaba el techo de lámina y que la casa se quedaba calva, con las estrellas encima de su cabeza. Luego su abuela por fin puso techo de material y ese sueño se quedó en pausa.

Ahora ha vuelto a esa fantasía, con los latigazos de afuera empujándola a lugares distintos.

Mi amor, no seas ingrata, ese techo lo pagué yo.

Una delgada lámina le impide ver el cielo.

Mamá.

Duérmete, mi amor.

La casera no se está quieta, se sienta y un segundo después se levanta, malabarea varias actividades a la vez, poniendo orden en cada rincón que encuentra. Igualito que su abuela, que daba brincos de chaneque, plumero en mano y regañando a su mamá.

A ver si haces algo de provecho.

Entonces su mamá aventaba cubetazos de agua por toda la casa, a lo loco, complicando la limpieza en lugar de facilitarla, y luego se volvía a tumbar con la panza expuesta.

Nomás estás paseando la mugre de aquí para allá.

Habría podido limpiar en serio, pero le gustaba la simulación.

Ana ni siquiera hacía eso. Incluso se burlaba de los hábitos de ella.

Qué exagerada. Tú te bañabas con una piedra y ahora resulta que muy limpia.

Los latigazos amenazan lluvia. O tal vez la casera esté sacudiendo trapos mojados. No. Es lluvia. Le encantaría verla. Bastaría con asomarse a la ventana, pero la sola idea le resulta agotadora. Se queda como está, encorvada en la silla y con el cóxis ardiendo y punzando, como una cola a punto de brotar.

Ya ves, sí eras un chango.

Percibe un nuevo latigazo, abrupto, pero esta vez es de otro tipo. Intuición. Epifanía. Corriente eléctrica en su espalda. Que la casera no entre al baño porque ahí se esconden todos los secretos. Escrituras en la pared, cadáveres de cucarachas, servilletas con esputos y restos de vómito enterradas al fondo del basurero.

Te dije que pusiéramos básculas colgantes.

Ana pesaba sus desechos en una báscula chiquita que ocultaba detrás de la más grande.

Acuérdate que lo que entra debe ser igual a lo que sale.

Piensa en el cuarto de sangrado, conejos de ojos cafés que su memoria ha teñido de rojo.

¿No has visto que no somos iguales? ¿Nunca te has mirado al espejo? Eres basura, eres menos que basura, eres de esa gente que cuando se la roban ni siquiera sale en las noticias.

Vete de mi casa.

No me corres, me largo.

Aquel domingo en la mañana, Ana contestó que por supuesto que se iba, ni quien quisiera quedarse un segundo más en ese agujero de porquería.

Vete.

Ana no necesitaba meterse nada a la boca para vomitar bilis, esa brotaba sin esfuerzo.

A la próxima vas a estar pidiendo trabajo en mi casa.

Su casa.

¿Dónde dónde dónde dónde dónde quedaba su casa?

Me vas a pedir limosna. ¿Y sabes qué te voy a decir? Que te comas mis calzones, pinche agrícola muerta de hambre igualada y pendeja.

Vete.

Imagina que su llanto se diluye en el río alebrestado. Arriba, el cielo la cobija y las nubes revelan la silueta de sus fantasmas.

Limpió el recuerdo de Ana para incorporarla al coro de voces. Igual que como limpiaba todo. Masticó la pulpa, la regurgitó, liberó el hueso y se sentó a esperar una nueva germinación.

Que quede solo lo esencial.

Espulgaba sus recuerdos como si fueran frijoles. Los más incómodos, a la basura. Berrinches, ofensas crueles. Y esos ojos azul océano en un rostro anémico y agostado.

Lo esencial: ojalá Ana se hubiera ido sin decir nada.

Ojalá regresara.

La abuela fantasma inclina el rostro sobre la mesa, zopiloteando en busca de piedras y gorgojos. Había empezado a usar solo los dedos, conforme iba quedándose ciega.

Esa escuincla se cree la muy muy.

Pero la extraño.

Cómo te gusta sufrir.

Depurará la imagen de Ana hasta dar con una versión aceptable, una Ana con la que se pueda vivir. Esa es la condición que se le exige a las visitas: que se adapten.

Sobrevive a base de rumiaciones.

Los fantasmas empiezan como un recuerdo provocado y luego se salen de control.

La casera ha estado trapeando y ahora la jerga parece un intestino hecho nudo.

¿Llueve?

Su abuela extendía la mano para calcular la humedad.

Criatura, te perdiste otra vez.

Los humores de su abuela muerta trasminaron y su mamá tuvo que orear la pañoleta antes de colocársela de nuevo. Amortajada, la abuela parecía una más de las conejas que vendían en el mercado.

Nadie acudió a dar el pésame.

Tal vez algún soplo mágico de la abuela había vuelto invisibles a todas las personas.

O eran ellas quienes se habían afantasmado. Ellas, mujeres solitarias que comían a escondidas, como las gatas, sin testigos, con la mirada fija en el alimento y escupiendo huesecillos en la mano.

A la abuela le gustaba hacer las cosas siempre de la misma manera: tortilla remojada en café soluble y una Pepsi para prevenir el váguido. A su mamá, en cambio, le gustaban las novedades, los ácidos y los picantes, y tenderse en la hamaca con la pierna estirada a chupar tamarindos y coco enchilado.

Mi amor, ¿no quieres una mordida?

Ella siempre quería.

Entonces su mamá se incorporaba, pero en lugar de darle comida la jalaba del brazo y la agarraba a besos y le hacía cosquillas y le decía mi amor mi amor mamita chula qué linda te estás poniendo y al final ya encarrerada y loca, bien pinche loca y alegre, le mordía la barriga y los cachetes.

La risa.

Recuerda su risa.

Luego de nuevo a estirar la pierna para curarse las várices.

Cuando encontraron el cuerpo de su mamá, esas venas la habían invadido por completo. Mapa de ríos, mapa de carreteras.

Rastros en el asfalto del mundo flotante.

Criatura, deja de morderte el pelo.

La casera es como la marea que interrumpe las siestas.

La sed es la evidencia de que sigue viva.

Camarón que se duerme.

Caen gotas del techo, chanclas demasiado grandes conjuran la invocación de su abuela.

De nuevo se ha quedado atorada en ese diálogo secreto.

De aguilita sale la agüita.

Su abuela, en cuclillas, retando al río.

Ni tan secreto. Ana le reclamaba que hablaba entre sueños y con los ojos abiertos.

Cuando lavas los trastes, quién sabe qué tanto dices.

La casera tiene el pelo y el chaleco mojados.

Se escucha un trueno, como un gato que salta al cofre de un auto.

Las goteras, las plagas, las inundaciones, el fuego. ¿Acaso la destrucción es la mejor manera de purificar?

Quisiera acercarse a la casera, desplomarse de cuerpo entero, pedirle alimento y comer hasta quedar satisfecha. Empezar el día desde cero. Contarle del ardor en el estómago, del limón que cuece el pescado y los langostinos, que desinfecta las manos y ahuyenta el olor del ajo. Empezar la vida entera desde cero. Preparar el paladar para la descarga del más maravilloso cristal.

La caña es la planta de la alegría, destilada, espirituosa. El azúcar, un lugar para ser feliz.

A cada bramido del cielo, ella aprieta los ojos con más fuerza. En su cabeza hay llamas crepitando, furiosas, y una selva tropical desaparece.

Un tlaconete muere, una mujer muere.

No hubo velorio para la abuela y la urna que les dieron en el ingenio se pudrió a las dos semanas. La abuela acabó esparcida al pie del huanacaxtle, a salvo de los chivos forajidos.

Enferma y cansada, como siempre, como ellas, y sedienta.

Las flores de aquella sección murieron. Los insectos buscaron otro hogar.

Qué hambre. Qué hambre de todo.

¿Me sirve agua de la llave?

Criatura, te va a hacer daño.

No tomes eso, no eres un animal.

La casera sujeta el trapeador y parece que estuviera remando. Ella rehúye el contacto visual como una niña castigada.

Examina sus uñas, mordisqueadas y amarillentas de tanto pelar naranjas.

Imagina que sumerge las manos en el agua jabonosa de un fregadero.

Ahí está otra vez ese recuerdo: un beso en la cima de su cabeza.

El jabón hacía burbujas, bocanadas de limón, pero la llave estaba seca y no había agua corriente.

En su cabeza, exprime un trapo y la espuma cambia de blanco a gris.

Alguien le pide que se apure.

Un millón de copas jaiboleras, congueras, caballitos de tequila galopando sobre agua sucia que huele a color verde.

Pícale, mi amor.

Alguien. Su mamá.

La espuma afloja todas las suciedades.

Apúrale, que nos gana el agua.

¿Qué agua?

Un río entra por la ventana arrastrando tierra robada y revuelta. Derrubio. Todo es otra vez como al principio. Gruesas gotas martillean el plástico de las cubetas.

Ella tiene, de pronto, las manos metidas en agua gris.

Este no es el Pajaral.

¿A quién pertenece este sueño?

A veces, cuando las voces descansan, su cuerpo llora hasta quedarse dormido.

En este momento la vigilancia de la casera la inhibe.

Las goteras son la evidencia de que la casa está llorando por ella.

La casera echa la cabeza atrás para ver el techo y le pregunta por qué no había reportado los desperfectos.

Ella no responde, el único idioma que conoce es el del intestino.

En boca cerrada no entran moscas.

La casera examina las cubetas.

¿Va a correrla?

Criatura, ¿cómo puedes vivir así?

Ella ha dejado de hablar, su cabeza es un hervidero de pájaros. Los eventos del mundo no tienen sentido y las personas son tan enigmáticas como los fantasmas.

Criatura, ¿qué castigo estás pagando?

La casa huele a Pinol y a concentrado de limón. En la ciudad no hay árboles frutales, pero hay aromas.

Limón para las defensas, para la salud del cuerpo.

El limón tiene propiedades astringentes.

La casera no sabe que ella no requiere alimento.

Ana decía que era como un animal, pero estaba equivocada, era un limonero.

Agua y algunos pocos minerales.

Limón para limpiarse la memoria.

Para tirar todas sus cosas a la basura, se necesitarían cinco bolsas de las grandes.

La casera se apuraría a limpiar para rentar la casa lo antes posible.

Lo mejor sería pedirle ayuda a Chantal, bastaría con pagarle el taxi.

Las pertenencias de Ana, que se las repartan entre las dos. Hay una tetera y un montón de ropa.

En cambio, los objetos de ella son poco más que escombro. Todo su cuerpo no es más que un botadero de materia orgánica.

¿A dónde irían a dar sus cuarenta kilos?

No habría equipo médico que se encargara de las preparaciones. No habría representante del ingenio azucarero, perito, forense, abogado laborista, fiscal, agente, perro policía, reportero de diario local. No habría nadie, porque ya no queda nadie, solamente quedaba Ana, pero Ana ya no va a llegar.

Tal vez la procesadora de residuos, con sus hornos gigantes, pueda ser de utilidad, y ella sobrevuele el zaguán vuelta ceniza.

Se sepultaba a sí misma en la arena del mar. Jugaba a que estaba muerta. Quieta durante horas hasta que las olas le golpeaban el rostro y le entraba sal a la nariz. Luego aguantaba la respiración en lapsos de diez.

Al final se incorporaba, sacudiéndose la arena sin enjuagarse. Disfrutaba la sensación terrosa y el ardor que llegaba en la noche, igual que las pesadillas.

Cuarenta kilos es muy poco.

No sale ni para el caldo.

Abuela, ¿a qué hora comemos?

Alza la pata y come calambre.

Imagina su intestino como una bola de estambre.

Qué hambre.

El cuerpo se come a sí mismo.

No puede pensar en otra cosa.

Los rumores pertenecen a la oscuridad. Cuando salen de día son como murciélagos atarantados.

La casa agigantada de su infancia se empalma con esta casa diminuta, que se empequeñecía todavía más cuando la compartía con Ana.

Una figura de caderas anchas se bambolea en el trasluz, acomodándose el elástico del calzón. Al fondo de la escena hay ruidos atenuados. El mugido de una locomotora rozando las vías.

Nunca me hablas de tu mamá.

No hay mucho que contar.

¿Criatura?

Invéntate lo que tú quieras.

¿Con quién hablas?

La casera es un golpe de luz que la devuelve al presente.

Imagina acordeones con teclas de oro.

La figura de caderas anchas mira su reflejo en una ventana.

Ahora es ella quien, al verla, se ve a sí misma.

Mamá.

Ojos de perras extraviadas, pedazos de obsidiana.

¿Su mamá observa lo mismo que ella?

Sueña con saraguatos trepados en árboles frutales, masticando ciruelas y mameyes, derramando melaza púrpura. Ella también es una changa y ahora se ha vuelto una trituradora de caña, con nudillos metálicos gigantes, descomunales, troceando varas y carrizos.

Al final, la máquina se detiene y ella no sabe qué hacer con el bagazo.

Nunca ha sabido qué hacer con lo sobrante.

¿Quién lo determina, si en el mundo hay espacio para todo?

Si cierra los ojos, al abrirlos quizá se descubra de nuevo sumergida en el Pajaral, nadando entre desechos tóxicos. Tiene la cabeza embotada de tanto apretar los dientes. Hay partes de su cuerpo que no responden. Recuerda las manos anaranjadas de Ana, que no saben limpiar nada, y piensa en las manos de su mamá, que huelen a pescado.

Ana decía que había belleza en todo el mundo, tan solo había que encontrarla.

A veces, ella no sabía si Ana la quería por la que era o por la que podía llegar a ser. Decía que su cabello chino era muy hermoso.

Pero había que arreglarlo tantito.

Lo mismo, su piel del color de los árboles.

Tantita crema.

Pero sí. Había belleza en cualquier objeto, hasta en los más ordinarios.

Piojosita.

En las historias de la gente que a nadie le importa.

Por eso, cuando ella le contó que su abuela había sido trabajadora de limpieza en un edificio que olía a concentrado de melaza y grasa de motor, un coloso que fagocitaba el río, vomitándolo al mismo tiempo, y cuando le dijo que las pangas de madera caían podridas al fondo del estuario y peces pardos boqueaban en la superficie, Ana respondió que todo eso le parecía muy lindo y muy interesante.

Lindo, ¿cómo?

Así, lindo, como tú.

Como ella.

Lindo como dos ojos como membrillos secos.

Lindo como un pulmón escupiendo sangre.

Imagina que Ana se descalza en la puerta y recorre la casa patinando. Al día siguiente, al ver sus calcetines manchados, le reclamará por tener la casa sucia, por ser un animal con pezuñas, de esos que no se comen.

La abuela solía decir que el Pajaral iba a morirse, pero no aclaraba cómo ni por qué. No era lo mismo decir que lo mataría la toxicidad del vertedero o que acabaría quedándose sin agua.

Al cauce de un río seco se le llama madrevieja.

Su mamá nunca fue vieja.

Cuando un río se borra de pronto, la gente lo va extrañando, pero si desaparece gradualmente, se olvida cómo era, por dónde corría y en qué dirección iba su cauce.

¿Podría inventarse de nuevo un río?

Y ¿un afluente es capaz de ahogarse a sí mismo?

El Pajaral no se murió, como decía la abuela, en cambio se volvió asesino.

Las cosas de los muertos no se tocan.

Los vestidos de su mamá seguirán ahí donde ella los dejó, en un rincón de la casa, amontonados entre bolsas de arroz para evitar la humedad. No se atrevió a probárselos y mucho menos a tirarlos.

Si acaso su mamá la ha seguido hasta la ciudad, estará vestida con la ropa del día de su muerte. Las manchas de sangre serán como los pecados que se limpian tras el último aliento.

Ana, ¿me das un beso?

Lávate los dientes.

Me los lavé.

Hueles raro.

Me bañé.

A lo mejor estás deshidratada.

A lo mejor.

A lo mejor ya comenzaste a pudrirte.

Le regaló a Ana las historias del ingenio y la bagazosis, junto con otras presencias sumergidas en la ciénaga de su memoria. Le regaló a la abuela, pero a su mamá se la ocultó.

No podía ser de otra manera.

No podía contarle que su mamá trabajaba en los bares de la estación de tren. No podía hablarle de las habitaciones de madera y lámina, de los rieles oxidados, vías secas para mujeres secas, ancianas de treinta años, un desfile de hombres sudorosos montados en ciclópeos elefantes metálicos.

En parte, porque ella misma no conocía muy bien los bares, era demasiado chica cuando su mamá la llevaba y ahora todos esos recuerdos estaban parchados y remendados.

Chamaca, no hagas preguntas.

En parte, porque el oficio de su mamá, el bamboleo de sus nalgas, su fatiga, sus ojeras y magulladuras, pertenecían todos a la sección prohibida y eran secretos que había escondido hasta de sí misma.

Perras de tetas caídas hurgan entre restos de aves.

No preguntes.

Ana, ardor y coletazos marinos.

¿Tu mamá?

No preguntes.

¿No me vas a contar nada?

Ana respiraba por la boca.

Hay peces que se ahogan de puro cansancio.

Nada.

Tal vez su mamá estaba nadando.

¿Cómo nada?

Entre desechos industriales.

Nada. No preguntes.

Se acabaron las historias, el circo se va del pueblo.

No preguntes nada.

Nada.

Que no preguntes, carajo.

Se dice que ante las muertes violentas no sobrevendrá el reposo. No, mientras no exista el olvido de los vivos. Y queda ella para cargar su rostro.

No le dijo que su mamá trabajaba en las vías porque había palabras que no podían pronunciarse, porque a las personas que nunca han tenido nada solamente les queda tener secretos, porque una cosa siempre lleva a la otra, igual que no se puede comer una naranja sola, son necesarias cuatro, veinte, ochenta, para al final vomitarlas todas. Sobre todo, nunca le habló de su mamá, de su cuerpo arrastrado a la orilla, envuelto en plástico negro, porque Ana buscaba la belleza en cada uno de los sucesos del mundo, y si hubiera encontrado belleza en ese, también, en el abdomen de su mamá como una herida mil veces abierta, ella no habría sido capaz de soportarlo.

Los cuerpos sumergidos crecen raíces bajo el agua.

Su mamá no va a volver.

No pronuncia su nombre.

Imagina que contempla el interior de sí misma, su cráneo es una cacerola que burbujea grasa blanca y amarilla. Los puntos de mercurio se han vuelto estática, como la televisión cuando se acaban los programas. Ya no sabe si lo que aparece frente a ella es el mundo verdadero o si son imágenes que proyecta su mente. Aquí conviven las volutas volcánicas y los insectos, figuraciones, caleidoscopios, manchas de tinta en la pared del baño.

Con los ojos a medio abrir, cree distinguir mensajes en las nubes.

El cuerpo de su mamá era todo lo que no es un cuerpo.

Presagios, anunciaciones.

Algunos animales no existen en vida, únicamente los miramos cuando están muertos. Muslos y pechugas violáceos, mojarras pringosas con botones por ojos, carne de res, materia acuosa y corrompida.

Sus olores pertenecen al mundo mineral.

Cómo le gustaba el olor de su mamá.

Hueles a calle.

Cállese.

La casera barre la hojarasca del patio, apelmazada y hedionda a causa de la lluvia. Ella siente como si también se estuviera llevando a su abuela, que es toda humo, polvo y arena revuelta, incandescencias, conejos en brasas, chisporroteo de sal y especias.

A su mamá no, porque no era del fuego, sino de la tierra.

El cielo se vino abajo. ¿A qué hora? No lo sabe.

Si tan solo no se hubiera abandonado al descontrol. Si tan solo todavía existieran los ciclos, los calendarios.

Cree recordar que no ha comido desde el domingo.

Su respiración se ha vuelto lenta y profunda, una montaña que despierta. El bombeo suave infla y desinfla su cuerpo, lo que queda de su cuerpo. Tiene el estómago lleno de gas, pronto estará eructando y escupiendo sangre.

No. Desde el domingo anterior.

La casera sigue barriendo. Cuando cepilla el cemento con esas cerdas chatas es como si le arrancara las costras al mundo, como si le hiciera cosquillas.

La abuela se rascaba la cabeza calva que parecía una luna redonda y grisácea. Tras las nubes, y con los ojos traidores, todos los astros son iguales.

La cabeza de Ana lanzaba rayos dorados. Faros en la carretera, embarcaciones, patrullas, un camión de bomberos, una muela como una pepita de oro.

Busca a la casera a medias enceguecida. Silencio. Salivaciones y otros fluidos se apelotonan en su garganta, embudo industrial.

Emite un gruñido que no pertenece a ningún lenguaje.

Le parece que la casera la mira.

Criatura.

La hornilla de su estómago es un trapiche incendiado. Nadie sabe que despierta en espasmos y con la piel ardiendo, que el viento azuza las llamas de este infierno de pesadillas. Nadie sabe que hay días que teme no despertar. Mucho menos, que hay días en que lo anhela.

La caña crece rápidamente y no vive demasiado tiempo.

¿Criatura?

El agua se traga a los seres que son de la tierra.

Ahora recuerda que su abuela la cargaba para pesarla.

Tilica.

Espiritifláutica.

Naciste con demasiados huesos.

Ya no es gruñido, sino el lamento de un animal que se ahoga.

Tus clavículas me lastimaron durante el parto.

Quisiera enterrar un cuchillo en la panza de una sandía, morderla y beber su sangre. Será como probar un pedacito de río. Imagina sus dientes quebrándose.

Bebito rojo con lunares en la cara.

Y retiemble en sus dientes la tierra.

Tanto frío.

Contigo el mar se siente más cerca.

Pero, Ana, el mar se aleja si lo persigues.

Podríamos colgar una báscula del techo.

Podría colgarme yo.

Los ganchos crujían como balatas de tráiler.

Tal vez la casera la esté preparando para el día de sacrificio.

Para matar a una gallina, primero hay que abrazarla.

Este es el tiempo del intestino que se come a sí mismo. Igual que una ausencia cabe adentro de otra. Es la plasticidad del vacío. El animal grande es el depredador del pequeño.

Ana no tenía piel, tenía escamas. Una pez. Su mamá, otra pez. Los peces no se mueren, los matamos.

El mundo flotante está invadido de presencias. La abuela sabía despegar la parte inmaterial del cuerpo, pero no sabía cómo integrarla de nuevo.

Chamaca, ya es hora.

Horas vacías de tiempo.

Está segura de que la casera ha decidido correrla. Por eso la limpieza y la reorganización de la cocina.

Agarra todas tus chivas.

Orita voy.

Así, tan débil y aturdida como está, ni siquiera opondrá resistencia.

Ay, criatura, criatura.

Sería buena idea ir al baño antes del desalojo, no quisiera terminar orinando en la calle como su abuela. Pero el baño está demasiado lejos, es inalcanzable.

¿Qué vamos a hacer contigo?

Una cubeta. Podría usar una de las cubetas que adivina sembradas por toda la casa.

La alborota la urgencia. Le inyecta fuerzas. Se pone de pie. Arbitraria, convulsa, camina rumbo a la cubeta más próxima.

La traicionan sus pies engarrotados.

El agua es resbalosa como la sangre. Y ella con su maldita manía de andar descalza.

Piensa en conejos desnucados. Imagina cubetas rojas.

Resbala.

Criatura.

Desciende en espiral.

Se escurre hasta llegar al piso, líquida, viscosa, una más de las goteras.

Criatura.

Piensa en costales de azúcar apilados en bateyes. Piensa en costales de arena para detener las inundaciones.

Criatura.

A su abuela no la ayudó nadie.

A su mamá nadie la vio.

El llanto es una granada que estalla en el desierto.

La casera se aproxima a toda prisa. Sus chanclas suenan como chasquidos de marranos moribundos. La agarra de un brazo, luego del otro, no encuentra soporte para hacer palanca.

Criatura, sí pesas.

Imagina que la sangre de un montón de animales inunda las cubetas y una cámara de ecos se despliega inabarcable como el océano.

Chamaca, no eres de aire.

A la cuenta de tres.

El muerto y el arrimado a los tres días apestando.

Uno, dos, tres.

Ahora es ella quien formula las preguntas y quien miente al responder.

¿Qué pasó?

No seas chismosa.

Te caíste.

Tal vez la casera se haya integrado al mundo flotante.

Tranquila, todo va a estar bien.

¿Quién habla?

Ha olvidado todo. Ella, que se había prometido no olvidar nada.

No, no. Diluir no es lo mismo que borrar.

El velo que cubre a su mamá se descorre.

Mi amor, te caes de hambre.

Las visitas de su mamá son una alegría funesta.

Te estamos esperando.

Tengo sed.

Esto es la muerte: la aridez.

El agua recupera sus cauces y lo que estaba sumergido ahora emerge, contaminado. Está harta de nadar a contracorriente, harta de sí misma, de las voces atropelladas que discuten y se contradicen, que adquieren corporalidad y dicen mentiras.

La casera se aleja un segundo. Ella la busca con los ojos anubarrados.

¿A dónde va?

No está sola, intuye presencias. Plagas. Afuera, la lluvia arrecia.

Alguien más ha llegado.

Las voces se están poniendo de acuerdo.

Lo que esta chamaca necesita es una friega de eucalipto.

Lo que necesita es comer.

Siente que se está quedando dormida.

Agarra tus chivas y vete.

Cállense.

No hagas preguntas y vete.

Cállense todas las voces del mundo.

En horizontal, y con la ropa sucia, se imagina que es un cadáver. Pronto será ella misma el fantasma de alguien.

El espejo le confirma que todo está en su imaginación.

El espejo también está en su imaginación.

No es el río, es la avenida. No es el ingenio, es la procesadora. No es su pueblo, es la ciudad. No es su abuela, es la casera, de ojeras pronunciadas, marcas de neumáticos en la carretera. No es su mamá. No es Ana. Es ella misma.

Así enfrenta las catástrofes: observando, aguardando, agazapada debajo de un coche.

Dos mujeres de pie, ahora son tres, ahora son cinco, bandadas de mujeres, rostros frente a tazas humeantes como velando a un muerto. Entran y salen de la habitación. Algunas son presencias sigilosas que respetan el eco de la noche, otras son estrepitosas, truenos, relámpagos, granizos en el techo de lámina.

Imagina que le abren los ojos a la fuerza y que la obligan a contemplar un desfile. Conejos, cuchillos, agua salada, vida suero oral, una pañoleta hecha de vendas.

Abre la boca y di aaaa.

La pesan y la miden, y ella reprueba todos los exámenes.

Las voces provienen de las paredes y de los intestinos.

Le piden que diga su nombre y su edad.

¿Has pensado en lastimarte?

¿Sabes dónde estás?

Aaaa.

Esta ha sido su vida, en retrospectiva: un continuo hacerse la desentendida.

Alguien le tiende un lazo, ella finge no tomarlo y acaba amarrada cuando ya es demasiado tarde. No era lazo, era anzuelo.

Alguien coloca una almohada debajo de su cabeza.

Responde, ¿has pensado en lastimarte?

Está recostada y su estómago inflamado cultiva bacterias que se alimentan del aire igual que ella. Nitrógeno y fósforo para el aprovechamiento del cultivo.

Escupes una semilla y nace un papayo.

El día que su mamá desapareció le pareció ver hombres extraños en el entronque.

La abuela, que para ese momento ya era etérea, le aconsejó que se estuviera quieta.

No eran extraños, eran hombres.

No hagas preguntas si no quieres saber las respuestas.

La primera tumba de su mamá era secreta y por eso tardaron en encontrarla.

Las respuestas igual llegaron.

Ecos del mundo real.

Cortadores de caña de la localidad de San Isidro se percataron de que.

¿De qué?

Se percataron de que, a la orilla del río, atorado entre unos lirios, estaba lo que parecía ser el cuerpo sin vida de una persona.

¿El hallazgo del cuerpo de una persona es el hallazgo de una persona?

Elementos policiacos se trasladaron al lugar y confirmaron que se trataba de una mujer.

Cuerpos policiacos.

El hallazgo de lo que parecía ser una mujer.

Se pidió el apoyo de los grupos de auxilio para sacar el cadáver del afluente.

El descubrimiento de un cuerpo de mujer.

Cuerpo de agua, cuerpo flotante.

Las autoridades acudieron a la zona para tomar conocimiento.

Tomar conocimiento de un cuerpo.

Posteriormente dar parte.

De un cuerpo.

Reconocer a una mujer a través de su cuerpo.

Acordonaron el área a la espera de la llegada de agentes de la policía ministerial y servicios periciales, que serían los encargados de realizar las primeras investigaciones y el levantamiento del cuerpo.

Lo que parecía ser el cuerpo de su mamá.

Ana la culpaba de sus malos sueños.

Levántate.

Decía que las voces que ella traía a cuestas presagiaban tiempos aciagos.

Traes demasiadas muertes.

¿Soñaría Ana con aves de entrañas reventadas?

En realidad, ella solo cargaba con dos muertes, de las cuales una era secreta.

Invocaba a su abuela para mantenerla con vida.

Los nombres de los muertos no se pronuncian.

Enterraba a su mamá para alejarla de la muerte.

El ingenio, mundo de hombres. El pueblo, mundo de hombres. Los camiones, hombres; el mercado, hombres; el entronque, el puerto, hombres; el río, los bares, hombres, hombres, hombres, hombres todos, hombres.

El mundo entero, mundo de hombres.

De chica, le gustaba asomarse a las tumbas que los sepultureros dejaban abiertas. Algunas estaban habitadas.

Los muertos no se van, se quedan. Los únicos que se van son los vivos.

Ana no va a volver.

Los huesos de los muertos son semillas.

Mamá.

El coro de los vivos le recuerda que a los seres queridos no se les despide, sino que se les siembra. El panteón central, territorio de animales desbalagados, gatos y cuervos, renacerá algún día en mitad del páramo, convertido en una selva.

Ahí, donde está sembrada su mamá, no ha crecido más que maleza.

Despierta en una superficie suave y de olor cítrico. El mundo es nuevo, pero ella sigue con los ojos empañados. Intuye que no está en su casa, aunque en penumbras todas las habitaciones son iguales.

Ahora recuerda: cucharadas de papilla, un avioncito cargado de plátano. Alguien la alimentó como a una niña pequeña.

Baja saturación de oxígeno. Anemia. Colapso sistémico.

¿Hace cuánto que no comes?

Tal vez alguien la forzó a comer.

¿Hace cuánto no te bañas?

Alguien ha colocado una palangana bajo sus nalgas, su estómago genera fluidos, su sangre es aceite en combustión.

Siente como si su cuerpo le perteneciera. ¿Así se siente ser dueña de algo?

Disfruta la ligereza y la calidez que sobreviene al orinar.

Entre la neblina logra distinguir a la casera, que está sentada frente a ella, arrancándose pellejitos y padrastros. La casera toma su mano, le confirma que ha vuelto a la materialidad, que no es fantasma todavía.

Hay una balanza colgada de un gancho y desde ahí brota un intestino.

¿Dónde está Ana?

Su cabeza es un rebaño de ovejas celestes.

Recuerda los ojos de Ana, sus venas reventadas como arrecifes de coral. Recuerda su esqueleto, vértebras en un cordel transparente, y esa pelvis a punto de partirse en dos, cartílagos de pollo.

Escucha que alguien le ofrece un pedazo de flan.

No es Ana, aunque comparte la carraspera.

El olor del caramelo le provoca un llanto dulce.

El mundo nuevo es el reino de las contradicciones. Mientras que su cerebro permanece inflamado, su mente se ha vuelto liviana, se eleva y parece de pronto autónoma, como la mente de alguien más, como si ella fuera una espectadora y lo contemplara todo desde la esquina.

Imagina que su memoria está sumergida en aguas turbias. Ella sujeta una caña de pescar, atenta al movimiento del oleaje que poco a poco se aclara.

De un hilo pende Ana, mirada oceánica que la hizo persona. Antes de Ana era incorpórea, un espectro anónimo cuyo rostro no se aparece en los sueños de nadie. Ana, acorazada de espinas para su defensa, escondía agua, y ella tenía demasiada sed. Ana le puso un nombre para domesticarla y le regaló un montón de cosas que le sobraban, cosas para las que ella no encontró acomodo; había llegado a la ciudad con nada más que su mochila y la estaba asfixiando tanto pasado que cargaba a cuestas. Con Ana intentó moverse ligera y resuelta, pero su naturaleza era de otro tipo; hizo todo lo posible por no ser cuentachiles, pero terminó siéndolo y trapeando el baño con calzones finos y a puertas cerradas. Vete. Hizo curaduría de sus recuerdos, remodeló y embelleció la casa que era ella misma, compartió la mitad con Ana y enterró la otra mitad en un pantanal inaccesible. La historia personal es un estuario revuelto, no se sabe qué llegó primero y qué llegó después, y no importa, todo está aquí y ahora, presente en esta casa sin ventanas. No podrás volver, nunca te has ido; continúas paralizada a la espera del gran terremoto. ¿Quién habla? ¿Quién se aparece al fondo de su garganta y la hace decir estas cosas? Alguien que silba las eses, que come mal y de prisa, de pie frente al fregadero, que eleva las piernas al acostarse, que fuma, tose y ríe, alguien como una marabunta de hormigas. Y ¿quién la acecha fingiendo hacer otra cosa? A ella no le gusta ser observada y, sin embargo, sospecha que la continua vigilancia de una desconocida acaba de salvarle la vida. Antes de Ana, creía que estaba cómoda habitando el vacío, se consideraba algo así como un espejo en el que cada quien podía mirar lo que quisiera. No sabía que las raíces subterráneas son más gruesas que las ramas y más abundantes que las frondas. Las ausencias le han mostrado que el vacío no existe, es un engaño, es como mirar un reflejo a la distancia y al acercarse descubrir que hay alguien del otro lado. No era espejo, era ventana. De un segundo hilo pende su abuela, su risotada, graznido de medianoche. La abuela se volvió una más de las animalas, se habituó al corre que te alcanza, a descargar la panza en el gallinero y enterrar sus desechos cuando no llegaba al baño. Las gallinas se murieron en cuanto la abuela les faltó. Tras desmontar los cobertizos y el cuarto de sangrado, había tanto abono en el subsuelo que nacieron yerbas que opacaron a las del huerto. El recuerdo de su abuela es un río que impone su propio cauce. La abuela era el tema preferido de Ana, pero había muerto hacía tiempo y no generaría más historias; ella se encargaría de preservar las pocas que quedaran, repitiéndolas incesantemente hasta fijarlas. El agua aplaca los incendios, pero las pupilas dilatadas de su abuela centellean en movimiento pendular como fuegos fatuos y chocarreros. La abuela viajaba del mundo terrestre al etéreo en una superposición de tiempos. Lo sobrenatural implica la existencia de lo natural. ¿Qué es lo orgánico? La casera le entrega un planeta que cabe en la palma de su mano. Ya hay mandarinas, dice. El olor dulzón y ácido es un balazo en la sien. Tal vez la casera haya adivinado sus fantasmas, tal vez también estuviera acostumbrada a la convivencia entre distintos planos. Por eso las sábanas y la constante lavadera de ropa. Por eso tanta comida, una casa demasiado grande, el volcán, las ganas de cuidar, de preservar la vida. Chamaca, no hagas preguntas. A lo mejor la casera no estaba sola, cargaba un pueblo. Tal vez la casera perteneciera a la misma legión que ella, huérfanas, ejércitos de mujeres de sal, disolviéndose en el oleaje. Ella sigue parcialmente ciega y se guía por el puro tacto. Al clavar la uña en la fruta, percibe que está a punto de quebrarse. La casera la ayuda a despegar la cáscara, demasiado suelta y encerada, y le pregunta si no se le antoja un poco de flan. Las mandarinas están permitidas, el flan no, no vale la pena. La casera continúa descascarando, ella percibe los efluvios del zumo. ¿Vale la pena? Tal vez. No logra resistirse. Pensaba que, cuando Ana volviera, ella habría perdido la mitad del cuerpo, primero las uñas y el pelo, luego manos y pies. No le asustaba perderse a sí misma; al contrario, lo consideraba una liberación. Vamos a ver si vale la pena. Muerde. ¡Muerde! La descarga de azúcar la eleva y la avienta lejos de la casera y de la ciudad. Sobrevuela frondas de chopos que se convierten en flamboyanes que se convierten en huanacaxtles, sobrevuela los chacuacos manchados de tizne, tinacos y tendederos oxidados. Aunque no hay espejos, juraría que está sonriendo, no consigue descifrar su propio rostro. Pulpa de luz, encías, lengua roja, volverá la menstruación, su cuerpo es capaz de todo. El azúcar es lo más parecido a la felicidad. El azúcar había levantado a su pueblo. El azúcar lo había derribado de nuevo. Tiene los ojos como cubiertos de parafina, pero ha adquirido conciencia de su postración. Esta cama no es la suya. Ahora es ella la intoxicada. Tal vez sí valga la pena y se permita, después de todo, una pequeña, pequeñísima, rebanadita de flan.

No le contó a Ana de su mamá porque no habría sabido qué decirle, la historia estaba repleta de misterios, dudas sin responder en un bucle que se reinicia, y a Ana le gustaban las historias con principio y final.

Recuerda que corrió descalza por el pastizal inundado, oídos y ojos sordos y tapiados, sin hacer preguntas, con los pocos objetos que cupieron en su mochila.

Recuerda la textura del lodo en las uñas de los pies.

Recuerda que todo esto es falso. Traía zapatos y algunos billetes en la mochila para comprar un pasaje a la ciudad.

Chantal le preguntaba si su pueblo era peligroso, y sí lo era, para quienes todavía tuvieran algo que perder. La gente caminaba sobre los restos de un sueño cumplido a medias.

Recuerda los chacuacos afónicos esputando podredumbre igual que su abuela. Recuerda que ella comenzó a regurgitar, creyendo que nadie la veía.

No imaginaba que todo el mundo conocía sus hábitos secretos.

La casera y Chantal no podían palparle el buche, como su abuela a las gallinas, pero podían servirle de comer.

Recuerda los alimentos que le obsequiaron, pensarlo le provoca un calorcito adentro, como una friega de alcohol, como la leche que queda al fondo del plato de arroz con leche.

También podría estar equivocada.

Recuerda que su propia mente no es de fiar.

Podría estar soñando.

Pero los sueños son hipótesis, no mentiras.

Chamaca, no hagas preguntas y vete.

Despierta y es como si saliera del fondo del agua. Sus ojos resecos han comenzado a recuperar la vista.

Distingue a la casera, que dormita en una silla. No se atreve a despertarla.

En el piso hay un botadero de cáscaras de mandarina que la hacen pensar en jaibas despedazadas, pailas efervescentes donde lo muerto revive.

Y lo que sobra, ¿se tira?

Los pescadores improvisaban tiraderos en lotes baldíos durante la temporada de veda. El bagazo de la caña se desechaba para que no se hongueara y no hiciera daño. Su combustión olía a azufre y parecía que iba a llegar el diablo.

Los recuerdos se entierran para que no lastimen.

Forenses vestidos de plástico blanco descienden al abismo, atraídos por la negrura.

El vómito huele a naranjas echadas a perder. La basura se quema. El cielo se ensucia para que la tierra se limpie.

No hagas preguntas y vete.

No tuvo tiempo de pensarlo dos veces.

No ha tenido tiempo de extrañar.

Del sedal más frágil pende el más abisal de sus seres acuáticos, un ejemplar único, inclasificable y secreto, como son los verdaderos tesoros.

Es oscuro, pero resplandece al interior de un cofre sellado.

Ella evita mirarlo de frente para no gastarlo.

Para no quedar completamente ciega.

Alguna vez el tesoro estuvo vivo.

Era un pez y era un ave.

Volando en aguas profundas.

Nadando cerca del sol.

Lo de las vías es un recuerdo inventado, nunca estuvo ahí, su mamá no lo habría permitido. Fueron imágenes que ella creó para acomodar el mundo y hacerse un lugar en él. Había estado en otra sección de la estación. Sabía cómo vestía su mamá para el trabajo. Y sabía cómo era la mirada de los hombres, la había visto queriendo no verla.

El recuerdo de un recuerdo.

Si aprieta los ojos, puede identificar el momento exacto en el que generó esa imagen.

El recuerdo de la creación de un recuerdo.

Aprieta más los ojos.

Este otro también es inventado.

El cadáver de su mamá apareció cuando ella apenas había comenzado a preocuparse.

La información llegó a cuentagotas.

Los seres orgánicos están hechos de humo y adquieren materialidad en la muerte.

Al salir del pueblo por última vez, dejó la casa abierta para que las fantasmas se quedaran a sus anchas; sin embargo, ellas viajaron a su lado.

El mundo entero a la espalda, en su mochila.

No hagas preguntas.

La bruma cubría la superficie del Pajaral.

Le pareció ver a su abuela quemando ramas para ahuyentar las plagas.

Fábrica de humo.

Los insectos son los ejércitos de la tierra y los espíritus, del aire.

Vacío y calor, dos manifestaciones del mismo incendio.

La casera no hizo preguntas.

Solo una:

¿Cuántos años tienes?

Cuarenta kilos es muy poco.

Estás muy chiquita.

Criatura.

En su pueblo habrá crecido la selva, la casa se habrá venido abajo, el jardín estará convertido en un cementerio, las botellas habrán criado mosquitos y dengue, hongos, hongos por todos lados, miles de plagas.

La sorprende su propia claridad. Tiene otra energía, más nítida, menos revolucionada. Percibe su estómago distendido y satisfecho, una gaita que entona melodías extrañas. Entonces sí ha comido. Todavía tiene los ojos un poco nublados, pero los juegos de luz y sombra de la habitación le regalan siluetas cada vez más definidas.

Hay una ventana.

No hay un grupo de mujeres de pie.

Hay otra persona además de ella, una mujer que es todas las mujeres.

Hay un perchero con una cánula que le recuerda los ganchos del bodegón.

No hay básculas colgantes.

No hay animales colgados.

No está su propio cuerpo colgado.

Está sentada en una cama, conectada al mundo por un tubo. En este lugar la alimentan. La tienen en engorda, pero no es para matarla.

Ana era verdadera, pero su recuerdo era un engaño. No va a volver porque nunca acabó de llegar. No era viajera, era turista. A lo mejor ni siquiera tenía los ojos azules. No importa.

La casera no la ha corrido de su casa.

Todo esto existe en el mundo real.

Existe el mundo real.

Ella no había logrado verlo, estaba demasiado ocupada atendiendo a las voces.

Algunas personas conversan con fantasmas.

Algunas muertas regresan a la vida.

Piensa.

Pero hay personas que conversan con gente viva.

Hay cosas que simplemente son.

Adentro del mundo caben otros mundos.

Piensa.

Hay mujeres que cuidan aquello que necesita ser cuidado, todas a cargo de todas, pájaras alimentando crías que no son suyas.

Quisiera hablarle de su abuela a la casera.

Piensa.

Y de su mamá.

Piensa que piensa.

Mira a la casera, que la mira de vuelta. Se contemplan, se examinan, parecen tocarse con los ojos.

Ninguna de las dos es fantasma, todavía.

Yava monos ala ca sit a.

Escucha.

Tengo hambre.

Dice.

Habitamos el tiempo del intestino.

Un barco cruza, remueve el agua, deja algo de espuma y desaparece.

Lo único que se escucha es el silencio.

Agradecimientos

A Sylvia Aguilar Zéleny por traerme al desierto y forjarme un oficio. A Cristina Rivera Garza, Julián Herbert, Bibiana Camacho, Antonio Ortuño y José de Piérola por las horas que les tomé prestadas. A UTEP y al Fonca por costearme una habitación propia. A Eloísa Nava, Scarlet Perea y Andrés Ramírez por dotar de materialidad al libro. A Vito D'Onghia por la confianza. A mi familia. A mis amigas. A mis fantasmas. Y a Codell por las naranjas.

A todas las insomnes y a las que evitan los espejos.

Autofagia de Alaíde Ventura Medina
se terminó de imprimir en octubre de 2023
en los talleres de
Impresora Tauro, S.A. de C.V.
Av. Año de Juárez 343, col. Granjas San Antonio,
Ciudad de México